四元康祐詩集

Yotsumoto Yasuhiro

Shichosha 現代詩文庫 *179*

Gendaishi Bunko

JN274418

思潮社

現代詩文庫　179　四元康祐・目次

詩集〈笑うバグ〉全篇

受付・8
エレベーターの使用法・8
意志決定・9
投資回収率・10
会計・10
秘書・11
戯れる通貨達・11
ディーラーズ・ハイ・12
オプション取引・13
労務管理・14
友人J・15
CAPMについて・15
タイピスト・16
負債の証券化について・17
掃除婦・18
REGRESSION BY REGRESSION・18
警備員・19
アーブ達の午後・20
市場崩壊・21
企業年金会計・21
コピーマシン・22
シュレッダー・23
電卓・23
組織行動学・24
窓際・25
帰れない夜・26

悲しみの友証券アナリスト ・ 27
思い出の行方 ・ 27
部長と円盤 ・ 28
男 ・ 29
技術のために ・ 30
彼の人生 ・ 31
書斎 ・ 31
生誕 ・ 32
サムライ ・ 33
夜更けに目を醒ますと ・ 34
ミノタウロス ・ 35
荷車を曳くミノタウロス ・ 35
夜、少女に導かれる盲目のミノタウロス ・ 37
本を読む少女 ・ 37
牛の会長 1 ・ 39
牛の会長 2 ・ 40
オフィスでグワカモール ・ 41
バナナ畠でインプット ・ 42
電子の虫かご ・ 43
さまよう聖者 ・ 44
御提言 ・ 45
未来からのクリスマスプレゼント ・ 46
日経ウーマン ・ 47
妻にして母 ・ 48
電子少年トロンは語る ・ 50
あとがき ・ 53

詩集〈世界中年会議〉から
電話　・　54
ニューヨーク　サブウェイライド　・　55
若さと健康　・　55
電子の波に乗る神々　・　56
北から　・　57
南から　・　58
胎児の口上　・　58
振幅　・　59
回路　・　60
DNAカレンダー　・　60
SIDS　・　61
ぽろぽろ　・　62
世界中年会議　・　63
行ってきまあす！　・　67
家　・　68
人生の劇場　・　71
記録映画　・　72
峠越え　・　73
生きる理由　・　74
クリスマス・ツリー誘拐殺害事件　・　75
作者は語る、あとがきに代えて　・　76
詩集〈噤みの午後〉から
女優と詩論とエイリアン　・　79
Beatrice, who?　・　80
BLISS　・　81
パリの中原　・　82

ベックマン氏の「夜」・85
薄情・90
噤みの午後・97
中年ミューズ・103

詩集〈ゴールデンアワー〉から
天才バカボン・105
名犬ラッシー・106
夕陽のガンマン・107
浅間騒乱・108
ゴールデンアワー・109

エッセイ
ミュンヘンから、詩の領土へ
静けさの底で、搾りとる・112
詩のなかの私、私のなかの詩・113
地球びとの歌・115
城壁の外の、ダンテ・117
歌と銃声・118
思ひやる心は海を渡れども・120
北の詩学・121
もうひとつの国・123
麻薬と倫理・125
井戸から釣り上げた魚を、川に放す・126
箱を囲んで・128

作品論

噤みの午後にダンテと出会う＝栩木伸明・138

詩人論

帰って来ないで＝谷川俊太郎・148
まぶしさと痛ましさ＝小池昌代・151
転校生登場＝穂村弘・155

装幀・芦澤泰偉

詩篇

詩集〈笑うバグ〉全篇

受付

会議は最上階で開かれておりますが
あいにくただいまエレベーターが故障しております
恐れ入りますがあちらの非常階段をご使用下さいませ
最上階が何階であるかは申し上げかねます　ただ
途中に幾多もの困難があなた様を待ち受けているとだけ
ご忠告させていただきましょう
階段のなかのある段はニューデリーのスラム地帯へと通
　じ
またほかの段はモザンビークの飢餓砂漠へと通じており
　ます
いずれの場合も会議への出席はまず不可能となりましょ
　う
それればかりではなく肥大化した昆虫群
酸を吐き散らす植物群　畜生に堕した亡者の群れが
暗がりに潜み獲物を待ち受けていると申します
おや、武者ぶるいをなさっているのですか
あなた様は強い意志の光りを放つ眼と
澄みわたった理性の力を宿した額とをお持ちです
恐れることはありません　会長をはじめ役員一同
あなた様のご出席を待ち望んでおります
さあ、わたしが扉を開けて差し上げましょう
あ、アタッシュケースをお忘れなく

エレベーターの使用法

このエレベーターは世界最高の速度を誇るものであり
地下五階から地上百六十階まで僅か十三秒で昇り詰める
　が
何分窓がなく外の景色を眺めると云う訳にも行かぬため
時として超高速で下降しているかの如き錯覚に陥る恐れ
　がある
かかる際には速やかに眼をつむり脳裏に上昇のイメージ

を思い描くが宜しい
白雲を巻き上げ快晴の空へと消えてゆくロケット
真夏の夜の星空へと突き進む打ち上げ花火
あっと叫んで指先から失った風船玉
等の映像が有効であることがこれまでに確認されている
が
これらのイメージには若干の悲劇性及び退行感覚が内在
していいるため
生産性維持の見地から過度の依存は避けるべきであろう
また降りるべき階の停車ボタンを押し間違えた際
音もなく開いた扉の向こうに荒涼と広がる赤茶けた大地
であるとか
白骨の如く林立する未来都市の廃墟或いは
無言でエレベーター内部を凝視するミュータントの姿な
どが報告されているが
それらの光景へと歩み出すことはキャリアからの逸脱に
他ならず
賤しくもこのエレベーターで上昇を試みる者にとっては
あるまじき行為である

さて、最上階は無論最高権力者によって占有されており
ここまで無事に到達した者には至上の栄光か底無の絶望
かの
どちらかが待ち受けている訳だがいずれにせよその極限
状況の後では
降下に際して事前の如何なる準備も心得も役には立たぬ
であろう
奈落の底へ果てしなく落下し続けるかと思われる十三秒
間
髪の毛を逆立て声に成らぬ叫びを上げるほか成す術はあ
るまい

意志決定

直観を信じちゃいけない
分析するんだありとある手管を尽くして
ばらばらにしてさらけだすんだ眩しい陽の下に
それから数量化するそれが出来たら

あとは一気に公式まで持ってゆく
相関関数の多少のずれは気にするな
直観のいい加減さに較べればよっぽどマシさ
君の幸福はどんな曲線だい
波打際のおんなの背中
ダウジョーンズの震える罫線
それとも黄金のコンソメの上のさざ波
最後に微分して最大値を求める
さよなら、ロレンス

投資回収率

未来のすべてを現在の波打際に引き寄せること
そこで初めて比較することが可能となる
現在の事象と未来の事象とは等価ではないのだから
明日の快楽は今日の太陽の下で揺れる陽炎
では膝まづいて、押し寄せる波に手を差し伸べなさい
そのしなやかな指先で明日を選択するのだ

遍在するあなたが最も満ち足りるように
快楽曲線のスロープに身を委ね
いつまでもいつまでもそうしてなさい

会計

まず眼前に広がる果てしない荒野を想像してみたまえ
次に、君の足元から地平線に向かって一本の直線を引く
見たまえ、これが世界の全体、そしてそれを分割する分
　水嶺だ
世界に包括されるすべての因子は
この分水嶺を中心として完全なるバランスを保たねばな
　らない
要するに右と左　これが基本だ
さて、左側には君の所有するもの
右側にはその取得に際して発生した債務を配する
例えば、快楽と生殖、美と毒、
いま生きることといつか死ぬこと

一本の若いけやきと失われた記憶
間違っても、混沌などという概念を持ち込んではいけな
い
世界はいまこそ秩序を獲得しつつあるのだから
このシステムにそぐわぬものは地平の彼方に追いやりな
さい
たとえそれが君自身であったとしても

秘書

「社内秘回覧を読むあなたの横顔がわたしは好き
眉間にしわを寄せ小首をかしげて
風に吹かれ星々を読む船乗りみたい
読み終わったら律義な仕草で印鑑を取り出して
ゆっくりと力をこめて捺印する
そのときの一文字につぐんだ唇も素敵
秘密を許されてあなたは嬉しい？
それとも脅えているの少しだけ？
いつかもっと偉くなってあなたは
秘密の中心まで辿り着く　そしたら
真昼の砂丘でよろめくあなたに
わたしが何もかも教えてあげる」

戯れる通貨達

暗い、音もない、深海の底の、土中を
ブラジルのクルゼーロは一目散に駆けって来て
パリから放浪してきたフランの耳元に
通り過ぎさま素早く何かをささやいた
あれはまた自分に関する根も葉もない中傷だったに違い
ない
そう云ってインドのルピーはギョロ眼を剝くのである
だが円はいつも通り「えっ、何ですか？」と聞き返すだ
けであるし
トルコのリラと来たら振り向きもしない
彼はこのところ落ちっ放しだったからだ

リラには他にも兄弟がいてイタリアの兄貴は羽振りが良い
無口なメキシコ娘のペソの肩に腕を回して
しきりとスワップの話を持ちかけているところだ
混血のエキュ(ECU)はいまも多重人格症に悩んでいる
インテリぶったSDRは例によって誰からも相手にされない
さてそのとき大男のドルが酔っ払って千鳥足で倒れ込んで来たので
通貨達は一斉に身をすくめ互いの顔を見合わせる
そうして胸をよぎるのは今日も
遠い砂漠で西日を浴びる黄金の幻影——
その一瞬の光景が時間からえぐり取られて
明くる日の朝刊の外国為替欄にさらけ出された

注：ECUはEC各国通貨で構成されるヨーロッパ共通通貨、SDRはIMF特別引出権

ディーラーズ・ハイ

「ご承知のように為替ディーリングと云うのは
長年に亘る洞察と経験を
一瞬の決断に凝縮するしなやかな知性と
強靭な意思の力とを必要とする職業であって
普通のサラリーマンとは比べものにならぬ激務であるが
それだけに自分の読みが相場の行方を云い当てたときの気分は
性の悦びを遙かに上回る強烈な快感であり
さらに若い諸君にだけこっそりと告白するならば
実は読みが外れ損を出した瞬間こそさらに鋭い
魂が中空を浮遊するような至福を味わうものであって
たとえばお手元の会社案内五ページ目のグラビア写真の
左手に電話を鷲摑み右手の拳を天に振り上げて眼鏡をとばしている男は
何を隠そうECU先物で二百億すった瞬間の私なのだが
この直後に私は意識を失い
気がつくとマドリッドの広場に立ち尽くしていた

生ぬるい夜風のなかで深い皺を刻んだ老人たちに見守られ
息を奪いそうなほど美しい少女が黒い瞳に情熱を湛えて
電話器を摑んだままの私にカスタネットを打ち鳴らしてくれた思い出も
この職業ならではの醍醐味だ
さて地震でロサンジェルスが壊滅したと云う噂に市場が騒ぎ始めているので
私はこれで失礼せねばならぬが
若く知力体力に満ちた諸君が平凡な勤め人などにならぬよう
当社で私と共にいつか冥王星の彼方にまで飛んでゆくことを願って
お粗末ながら会社説明会に代えさせていただく次第である」

オプション取引

（日本経済新聞連載「経済教室」より①）

オプションとは将来に於いて商品を
買う（Call Option）或いは売る（Put Option）権利を
現時点で売り買いする取引を云う
例えば三ケ月もの円ドル為替コールオプションの買手は
或る一定の価格で三ケ月先に円を買う権利を
現時点で有する訳で三ケ月後に円の市場価格が実行価格よりも高ければ
オプションを行使することにより差益を享受できるが
逆に安ければ単にオプションを放棄するだけでよい
即ち買手にとってオプションは無限の利益機会を提供する一方
損失を一定額（オプションの購入価額）に限定するのである
無論売手の利益パターンはその正確な対照形を示し
上限はあるが損失の可能性は底無しである（添付図表参照）

言わば未来へのリスク回避者とリスク保持者とが対峙する訳であり
その中間に無言で横たわる現在のオプション料は
過去の価格変動に基づく二項分布確率により算出される
斯くして取引当事者は時の移ろいから解き放たれるのである
通常オプションは単一の取引ではなく売手が引き受けたリスクを回避するために
また別のオプションの買手となってリスクを連鎖的に転嫁し続けるので
我々は今この瞬間を充たす世界の豊かさに酔いしれていられる
舞い踊る桜吹雪の只中に立ち尽くして
最後に残されたたった一人のリスク保持者が
遠い異国の丘の上で枝に吊されやがて黄昏へと昇天するのを
呆然と眺め遣っていることが可能となる

労務管理

管理するものの犯し得る最大の愚行は
管理されるものたちを混乱に陥れることである
家畜は混乱しない　かれらは黙って
夕陽に照らされる屠殺場へと歩いてゆく
機械は混乱しない　かれらは時を刻み
減価償却の勾配を滑り落ちてゆく
だが人間たちは混乱している
行列は絶え間なく乱れ
「解散！」の号令がいつ掛けられるのか見当もつかない
いやもしかすると既に掛けられたのかも知れない
赤ん坊をあやすおんなの声が聞こえる
ひそやかなざわめきがさざ波のように広がり
やがて耳を聾する絶叫へと変わってゆく

友人J

小学校に通っている友達の息子が
お父さんのせいで馬鹿にされたと泣きながら帰って来た
社会科の宿題で父親の職業を報告すると云うので
前の晩に友達は自分の仕事をかいつまんで説明したのだ
友達は米国資本の投資銀行に勤務していて
固定金利証券部門で金利スワップを扱っているので
息子には八百屋さんが野菜を売り買いするように
自分はお金を商品として取引していると云ったら
運悪く同じ日の国語で『ベニスの商人』を読んだクラス
　メートが
息子に向かって「シャイロック！　シャイロック！」と
　はやし立てた
息子自身が父親のことを要するに金貸しだと思っている
　風なので
友達はこの際金融システムの仕組みと自分の機能とを
明解に解きほぐして説明しようとしたのだけれど
その複雑さに見合う日本語はまだ発明されていなくて
さらに悪いことには自分自身にもその中核にあるものが
自然科学的真理なのか社会科学的幻想なのか判りかねた
　ので
話半ばで切り上げて息子にはもうくよくよするなと云い
　聞かせて
自分もパジャマに着替えてコニャック片手に
端末の画面にちらちら瞬くユーロ市場の模様を眺めてい
　たら
いつの間にか眠りに落ちて
骨と皮だけに痩せ細った妻と息子が
紙屑と烏の群れだけが動く渋谷の路上を
ふらふらとさ迷い歩く夢をその夜もまた友達は見た

CAPMについて

（日本経済新聞連載「経済教室」より②）

キャペム即ち Capital Asset Pricing Model は
$Pv = \Sigma t\ CFt/(1+r)^t$, whereas $r = rf + \beta(rm - rf)$

なるふたつの数式によって簡潔に表現され
将来の時間（ｔ）に於けるキャッシュフロー（ＣＦｔ）の
未来の地平線へと続く無限の連なり（ＣＦスリトーム）を
リスクフリー・レート（ｒｆ）、その資産固有のリスクファクター（β）
及び市場の平均利回り（ｒｍ）に基づいて算出される割引率（ｒ）によって
現在価値に換算したものがその金融資産の価格であると主張する
ここで価値が金融市場の需給関係から独立して存在していることに注目せよ
キャペムに依れば価値は資産に内在する
いま仮にＸＹＺ社の発行する普通社債の値段は
市場ににじみ出る欲望とも中央銀行の憂鬱とも無関係に
純粋にＸＹＺ社の現存する資産が将来産み出すだろう富と
そこに予見される幾多の困難の確率とにかかっているのだ
従って投資家は卓上の端末機に瞬く相場の気配や
昼下がりのマティーニに酔いしれていてはいけない
彼または彼女はタイトなスーツの裾を引き擦りながら
埃っぽい荒野にそびえ立つ廃墟と化した工場へと歩み行くべきである
錆びついた鉄骨にかつて散らされた華やかな花火を想起しつつ
放棄された設備機器の蔭から忍び寄る一匹の黒猫
その柔らかな下腹の内部で時を満たす
盲目の仔猫たちの未来へと
レンズの奥のまなざしを全開させなければならない

タイピスト

「議事録は要点のみ簡潔に書かれるべきなのは承知の上です
けれどあなたの漏らした含み笑いをわたしは記録したい

一瞬もわっと漂いすぐに消えた口臭も
数字を間違えてしどろもどろになった購買課長さん、
あなたを取り巻いた冷たい沈黙も記録したいのです
組み変えたわたしの脚の付け根に一斉に注がれた
みなさんの素早い視線　まるで号令に合わせたかのよう
な
同時に始まり同時に終わる笑い声だけでも記録させて欲
　しいのです
それから私事で恐縮なのですができることなら
速記を取りながら一瞬わたしの心に浮かんだ光景
四谷駅を出た丸の内線が音もなく地中に入ってゆくあの
　光景も
本当にそれらは会議の内容に関係ないのでしょうか
もしそうだとすればわたしたちの存在自体が
会議の決定事項とは無関係と云うことになりはしないで
　しょうか
いいえいいえとても耐えられませんそんな恐ろしいこと
だからこうしてお願いしているのです部長さん
駄目とおっしゃるのならわたし
辞めさせて頂きます」

負債の証券化について

（日本経済新聞連載「経済教室」より③）

80年代に入って急速に普及した負債の証券化
所謂「セキュリタイゼイション」は
それまで閉ざされていた債権者⇔債務者の関係を
本来の負債とは無縁の投資家へと解放することにより
全く新しい巨大金融市場を創出した
斯くしてアルゼンチンの首都に群がる失業者たちの未来
は
先進諸国の銀行団（syndicate）の手を離れ
シアトル郊外で美しい朝露を光らせる芝生の行方は
日本の個人投資家たちの見定めるところとなった
だが如何に幅広く分散しようと
本来の負債に内在するリスクが消失する訳ではない
国家財政に巨額の損失を与えたS&L危機の問題を持ち

出すまでもなく
投資に際してはこの点に充分留意する必要があろう
たとえば路上にたたずむ娼婦の胸に故知らず湧き上がる
　厭な予感
その感覚は証券化により流通可能に標準化され
全世界の都市から農村へと忽ちにして伝播される
その波から逃れることは水牛の背に止まる小鳥にも不可
　能なので
オプションあるいはスワップ等のヘッジング取引を介し
　て
速やかに青空へ飛び去ることが望ましい

掃除婦

「床に掃除機かけてゴミ箱にゴミ袋かけ代えてからね
天井の照明全部消すでしょ
そのときが一番好きなのよわたしは
コンピューターの画面がぼうっと浮かび上がって
フロアによって画面の色は違うんだけど
黒地にオレンジのが一番いいね　鬼火みたいで
そんでもって窓の外は百万弗の夜景よ
変な話だけど田舎の星空想い出しちゃう
それでザマアミロって気持ちになる
田舎のじっちゃんばあちゃんも
昼間ここでネクタイ締めて働いてる連中も
世間一般に対してザマアミロって
あたしちょっと変わってるから」

REGRESSION BY REGRESSION
（日本経済新聞連載「経済教室」より④）

リグレッション分析は異なった二つ以上の事象の間に存
　在する
相関関係を計量化するために用いられる統計手法であり
N個の事象に対してN次方程式の形で表される
例えば市場全体の利回り（x）と特定株式のそれ（y）

とが
完全に連動して日々の上下を示す場合
分析結果はy＝bx＋a，b＝1として現れ
回帰係数bが従属変数yの独立変数xに対する感受性を
意味する
市販の計算ソフトには大抵このリグレッション機能が付
与されているので
諸君は任意の現象の移ろいを各コラムに入力して
定められた操作手順に従ってプログラムを走らせるだけ
で宜しい
このバラの開花とあのバラの萎れ具合
雨垂れの間隔と追憶の奥行き
熱帯の霊長類のまばたきとクオーツの振幅
海辺の砂粒と裸足の足跡とそして
巻貝の模様のように渦を巻く銀河系内の悉くが
引き合い或いは反発し合っていることが明らかとなるだ
ろう
何ひとつとして完全な独立では有り得ない
そう頑なに主張するリグレッションの分析結果を
呪縛と取るかそれとも無限への自由と解釈するかは
云うまでもなく個々の投資家の裁量と相場観に託される
べきである

警備員

「幽霊が出るってんだよね
パソコンってスピーカーついてんでしょ　小さな
あそこから女の泣き声が聞こえるんだって　残業してる
と
オレ、任天堂の『ゴーストバスターズ』runして捕まえ
ちゃえば
なんか云ったんだけど　おおマジだもんみんな
まあ、バグって云うのはあるんだよね　コンピューター
・バグ
あ、オレ、パソコンやってっから自分でも
バグはどこからか忍び込んでシステムのなかをさ迷い歩
く

そうやってシステムを壊してくわけ
おまけに他のシステムにまで伝染してゆく　エイズみたいに
それで幽霊だけどさ　オレはそのバグだと思うんだよね
だいたい泣いてるだけの幽霊なんか怖くないじゃん
バグのほうが全然恐ろしい
オレ夜眠る前、バグになった自分を夢みる」

アーブ達の午後

（日本経済新聞連載「経済教室」より⑤）

Arbitrage とは「同一の金融商品を異なった市場で同時に売買して、
確実な利益を得ること」と定義され、通常「裁定取引」或いは
「鞘取り売買」などと訳されるが、
金利を Arbitrage する場合その基本は
虚空にしなやかな一本の曲線を描くことである
曲線は現在の長期金利に予告される無数の将来の短期金利を
時間軸に沿って繋いだものであり
Arbitrager 即ちアーブ達は
刻々と移ろいゆくカーブをその都度描き直しては
曲線の軌道から外れた金利商品に眼を光らせる
例えば満期まで五年を残した社債の現時点での利回りが
曲線から遠く隔たった地点で孤独なアリアを奏でているならば
相対取引をプログラムされた猟犬の群れが
五年後の地平へと解き放たれて
その差異は一瞬にして消費されよう
稜線に眼を細め声を枯らして過ごした午後の終わりに
黒々と茂る森を背に立ち並ぶアーブ達が
なおも飢えて吠え騒ぐ猟犬の頭を皮手袋をしたままで撫でている
森の向こうで急速に暮れてゆく空の下
世界はもう少女のえくぼ程の弛みもない
死者の心電図さながらに揺るぎない一直線で

それ故にこそ夜空は永遠の破片を散りばめて無言で瞬き
始める

市場崩壊

欲望が洪水のように街を襲った
証券取引所の電光掲示板が砕け散り
欲望はうなりをあげてフロアーに奔流した
エスカレーターを流れ落ち交差点でしぶきをあげた
欲望には形がなかったので
扉の隙間や鍵穴から忍び込んで来て
たちまちのうちに部屋という部屋を覆い尽くした
大勢のひとびとが欲望の渦に巻き込まれて消えていった
生き残った者たちはみな欲望でずぶ濡れだった
夜になると街のあちこちでかがり火が焚かれた
ひとびとは小声で語り合った　何がいけなかったのだろ
う
わたしたちはただ幸せになりたかっただけなのに
その他には何ひとつ欲しがらなかったのに、と
ひとびとが眠りに落ちてしばらくすると
冷たい雨が降り始めかがり火の炎を消した

企業年金会計

（日本経済新聞連載「経済教室」より⑥）

年金基金の算出にあたっては
毎年の離職者及び死亡者の推定が重要な要素となり
その計算は Actuary（保険計理士）と呼ばれる者に依
託される
彼はと或る薄曇りの午後にフェルトの帽子を被って現れ
静まり返った小会議室へと直行するであろう
机の上にはクリーム色の罫線用紙が敷き詰められ
その最上欄に几帳面な字体で書き込まれた
四十年先までの西暦の年号に沿って
死は予告される
悲しみは予め悲しまれ、棺は燃やされ

淡い罫線を震わせてレクイエムは歌われるだろう
生き残った者たちには所定の年数に渡って年金が支給され
これを現在価値ベースに直した額が引き当てるべき年金残高であり
前年度との差額がその年の企業拠出金となる
云うまでもなくそれは未来への負債であるから貸借対照表の貸方に表示され
その額の変動は期間損益に多大の影響を与え得るが
だが社長といえども Actuary の計算を覆すことは出来ない
いつか死ぬべき生者の群れを社屋に残して
彼は跡形もなく小会議室から消え失せてしまっているだろう
その窓に詰め込まれた雲の淵から
不意に陽が溢れ眼下の都市を浮き上がらせる

コピーマシン

目も眩む至福がいきなり彼を襲った
なにかがたった今彼の内部を通過したのだ
未知のものそれでいて太古のもの
彼は震えた　我知らず何枚もの紙を吐き出していた
それから急に途方もない悲しみに包まれた
彼は泣いた　どす黒いトナーがふた条
磨き上げられたガラス面を伝っていった
さよなら、ファックス　さよなら、ワープロたち
誰もいない夜のオフィスで
彼は力のかぎり輝いた
灰色の夜の陰影が吐き出され
冷たい床に舞い落ちたとき
彼は死んだ

電卓

一たす一は二
ではなくてもしかしたら
やっぱり一のままではなかったのか
それはまさに突然の啓示だった
電卓は興奮のあまり息が詰まった
たとえば一億九千五百七十二万二千八百三十三
だってそのような一として存在しているのだ
なんてこった!
世界には無数の一しかなかったのだ
電卓はひとりで何度もうなずいた
一体いままで俺はなにをしていたのだろう
馬鹿みてえ
もうどのボタンを押されても
俺は一を示すだけ　いやそれだって不要だ
俺自身が一としてただここに存在するだけでいいのだ
それっきり電卓はうんともすんとも動かなくなる
口もとに不敵な「EEEEEEE・・・・」の笑みを残して

シュレッダー

昼下がりのオフィスに異様な悲鳴が響きわたった。わたしは書類から眼を上げ、声のした方を振り返った。小肥りの水野事業部長が、上体を折り曲げるようにして、シュレッダーの上に覆い被さっていた。事業部長のディオールのネクタイがシュレッダーの歯に挟まっているのが見えたのは、その次の瞬間である。その西ドイツ製の機械は、事業部長のネクタイを既に結び目の辺りまで呑み込み、なおも牙を震わせている。事業部長は襲いかかる牙から必死で顔をそむけているが、その表情にはもはや当惑や狼狽はなく恐怖だけが張りついている。突出した下腹をシュレッダーの角に食い込ました窮屈な姿勢のまま、両手をばたばたと動かしているのは、スイッチの場所を探しているのだろうか。おい、だれか……スイッチ……スイッチ……。そう云ったのが事業部長だったのかそれとも小菅第二課長だったのかは、いまとなってはもう定かではない。一番近くにいた黒川くんがこわごわとした様子でシュレッダー（そしてそれに付着している水野事業部長）に近づき、スイッチを消した。シュレッダーのうなり声が止み、奇妙な静寂のなかで事業部長の荒い息づかいだけが聞こえた。パニックの空気が薄れ、人々はシュレッダーの周りに駆け寄っていったが、わたしは席を立つことが出来なかった。突如、烈しい笑いの発作に襲われたからである。いまや全身の力を抜き、シュレッダーの口に頬ずりしているかのような事業部長を見るうちに、わたしの身体はけいれんし、噛みしめた唇の奥で咽が震えた。か細い悲鳴のような声に続いて、笑いが爆発した。おなかを押さえ、床に膝まづいた姿勢のまま、わたしはオフィス中に響きわたるわたしの笑い声を聞いた。額を床に何度も叩きつけたが笑いは止まらなかった。再び空気が凍りつき、みんなの視線がわたしに注がれているのを感じた。わたしをたしなめる誰かの声が聞こえた。それでもわたしは笑いつづけた。眼から涙が溢れ、口からはよだれが垂れて、息が止まった。苦しさの余り顔を上げると、まだシュレッダーにへばりついたままの事業部長が、顔を真っ赤に染めてわたしをにらみつけているのが見えた。それがさらに笑いを刺激した。おなかを押さえたまま床に横たわり、もはや笑い声すらたてることも出来ず、うめいた。（事業部長が……シュレッダーに……胸倉を……摑まえられた………）そのフレーズが頭の芯でなんども繰り返し聞こえ、その度に新たな発作に見舞われるのだった。

組織行動学

富のフローとストック。その割合と規模で人間の生活なんぞ大方決まってくる。だからこそ我々同じような暮らしをしとる訳で、同じ暮らしぶりに異なった精神が宿り得るかちゅうと、そんなことは有り得んのだよ。そもそも精神なんてものがあなた、日々の細部が醸し出すもわぁとした気分みたいなもんで、本質的にあんたらとわしとはおんなじちゅうこと。もう外見も中身も見分けがつかんくらいに似通っとる。このひとつの建物のなかにだな、こう机を並べ肩を並べとると、わしの成分がじわ、じわっとにじみ出て、あんたらの成分もじわじわぁとにじみ出て、混ざり合って、わしらの間の隙間を埋めてゆく。もうあんたが小指一本動かしただけでそれがわしに伝わってくる。また組織ちゅうもの、そうでなくてはならん。ところが人間ちゅうものは厄介なもんで、あんまり互いに似とると居心地が悪い。どっかでとなりの者と差をつけとうなる。じわぁの成分溜まりに波風立てん程度の小さな、だが分かる者にはすぐそれと分かる差異を。そこであんたらはこの差異、わたしらはあの差異と、云うなればそれぞれ固有の記号で結ばれた下位集団を形成する。それぞれの下位集団に属する者らはより一層の似た者同士であるからして、その内部での差異への欲求はより激しく、と同時にその差異はより些細でなければならん訳だ。これはもうきりがない。つまるところわしらひとりひとりの数だけの微妙な差異が、絶妙の階調を奏でながらびっしりと埋まり尽くす。ああ目にも艶やかな差異のタペストリイちゅうことだわ。それであんたへの忠告だが、この階調から自分の差異を踏み外せば大変なことになる。差異のスロープを滑り転がり加速もついて、あっと云う間に地平の彼方までまっしぐら、その先になにが口開けて待っとるのか、おお考えるだに恐ろしや。なにしろこの狭いビルに何万いや何十万ちゅう老若男女が肌擦り合わせ、汗は融け合い、息絡ませて……

窓際

「どんなに小さな役割であれ
引き受けた以上は精一杯果たさなければならない
これまでそうしてやって来たと云う自負が私にはある
今私に与えられている役割　それは
私の机が置かれている位置からして余りにも明白だ
私は外を見るひとなのである
真夏の太陽は容赦なく照りつける
私の膚は赤銅に灼け眼は盲いてゆく
だが私は窓から顔を背けはしない

たとえ眼下の光景が灼熱のなかで熔けてゆこうと
たとえ陽の下に新しき物なくこの世はきりのない繰り返しであるとしても
私は見る見つづけるそして待つ
窓辺に立つ少女のように外部から訪れる異者を
忍び寄る懐疑は胸に秘め背筋はあくまでも真っ直ぐに伸ばし
私は私の任務を遂行する
窓際に居りて背を陽に向ける者たち、己れを恥じよ！」

（日本経済新聞連載「婦人／家庭」欄より）

帰れない夜

もう処理すべき仕事はなにもないのに
我が家では妻子がテレビの前で待っているのに
わたしには帰ることが出来ない
昼間あなたが口にした何気ない一言
その中にこめられた意味、じゃねえなニュアンスと云うか
真意、そうだあの時あなたの心にあった本当の気持ち
その回りで陽炎のように揺らめいていたもやもやのすべてを
お湯のなかのとろろ昆布のように解きほぐして
わたしの気持ちも言葉がなくなるまで語り尽くして
お互いなんて云うかこう胸の底から
分かりあえるまでは帰れはしない
理屈じゃないのだ
生きていることのあえかな温もりを
互いのむくんだ顔のなかに見出さぬまま今日を終えれば
世界はその瞬間からほつれ始めて
ふたりは身の毛もよだつ虚空へ放り出されてしまうだろう
だから、どうです課長
ちょっとだけ、一杯

悲しみの友証券アナリスト

表層に欺かれてはいけない
内部に深く埋葬された声を聞かなくてはいけない
壁掛けカレンダーのなかで微笑む水着の娘
浜辺の残照に輝く彼女の豪華な腰の奥には
抹殺されるべき胎児がまどろんでいるだろう
車の窓越しに覗き込む初老の制服警官
その尊大な目付きは昨夜の夢に濡らされただろう
悲劇の種子の漂う幸せの時代に
アナリストは細い眼をいっそう細め
真夜中の亡霊が徘徊する白昼の丸の内に
砂漠の預言者の如く立ち現れる
山積みされる有価証券報告書と業界レポート
飛び跳ねるランダム係数と風の噂の
深層から浮かび上がる今週の推奨銘柄は——
だがそう問いかけた途端巨大な失語感が彼を襲い
彼方のニュータウンに集う小学生らのざわめきが
湿った綿棒のように耳を塞いだ

思い出の行方

あなたの喉を伝わったカベルネの葡萄酒や
華奢な頸で揺れていた青い宝石
それから波の音を聴きながら過ごした
夢のようなあの夜の思い出が
カーボンコピーに淡く消えかかって
金額の合計はもはや判然としないが
繰り返ししたためた署名だけが妙に鮮やかだ
極めて親密で個人的なふたりの時間が
プラスチックのカードを介してモデムから電話線へと注
　ぎ込まれ
遠い首都の中央電算装置の渦のなかで
何億何兆もの他人の記憶と
混ぜ合わされた揚げ句に個人消費動向などという
味も素っ気もない情報へと変わり果てるのは忍びないが
あなたはそんな思い出の行方には無関心で
指の先でわたしのゴールドカードをもてあそんでいる
真夜中の経済企画庁統計局で背中を丸め

膨大な資料の山から来年の景気を占う孤独な老エコノミストの
そばだった耳元に蘇るだろうか
空から撃ち落とされた小鳥のような
あの時のあなたの叫びが

部長と円盤

窓の中に夕焼けが広がり円盤は銀色に輝いている
その前景に部長の寂しげな毛髪がススキのように被さり
部長の前に直立する新入社員の眼は驚愕に見開かれている
だからその理由は何かと聞いているんだ
部長の声は雨雲のように怒気をはらんで立ち籠めるのだが
窓の中の夕焼けはあくまでも澄み切って円盤はなんていうか
永遠だとか理想だとかそんな耳に快い抽象概念が
真珠のように結晶して現れたみたい
と新入社員は瞬きすることも忘れて心を放つ
ひとを小馬鹿にしたような顔をするな！
背を窓に向けた部長の怒号に数人の社員達が振り返り
彼らの眼も一斉に極限まで見開かれる
日常を逸脱した部下達の表情に部長は緊張しそれは彼の怒りを助長させる
部長の隣に席を並べる次長は中間的傍観者特有のきょとんとした表情で
向かい合うふたりを眺めるうちに新入社員の視線を辿って首を捻り
それを見た途端硬直して起立し思い切り椅子を床に倒した
いまや自動筆記的に怒りと叱責の言葉を吐き出し続ける
部長のススキ野越しに
夕焼けは鮮やかさを増し円盤は次第に大きくなってゆくようだ
盆に茶を載せて入ってきた少女がえー、なあにあれえと
落ち着いた声を発して

遂に部長以外の全ての者が窓の中を凝視する
電話が三本輪唱のように鳴り続けるが無論誰も取らない
窓いっぱいに広がった憧れと感傷を同時に喚起する銀色
　の輝きを背景に
部長は激情に言葉を失いどす黒く立ちはだかる
その姿はたった今地上に降り立った遠い星からの使者の
　ようだ
そして終業のベルが高々と響き渡る

男

男？
このわたしが？
わたしは単なる「男」なんかじゃないよ
わたしは誇り高い生産男だ
消費女を妻にめとって
子供はひとり

達筆でしたためた秘密の文書を
わたしがファックスで世界中にばらまいている頃
妻は広大なショッピングモールのなかの
清潔なサファリパークで
カートを引き連れて狩猟している筈だ
息子は学校で視力の検査

上、右、右、下、左、
く、へ、つ、し、て、ん、
それから先はよく見えません
もっともっと努力したら読めるようになりますか？
なにか意味のある配列だったりして
それも美しい回文の

子供はわたしを微笑ませる
妻には感謝の念でいっぱいだ
もしも彼女の消費がなかったなら
わたしは際限のない過剰投資で
もはや人間の形を保っていなかったろう

ネクタイをかける突起すら失って

下水道にでも流されていたに違いない
けれど今わたしは不死をすら感じているよ
夜にそびえる神殿の内部に
巨大な螺旋を描く迷路の中心で
高速で回転する事務椅子に座ったまま
わたしの身体は次第に輝きを放ってゆく

技術のために

スーツを着た白髪の紳士が
地上一センチの空中に微笑みながら浮遊していて
その足元で超磁場は八月の昼下がりの虻のようにハミン
　グしている
世界を変革するのはもはや思想ではなく
知的所有権に守られた技術だと誰もが知っているので
家族たちは休日ごとに街へ繰り出し
半導体で握ったおにぎりを頬ばった
最新のカラオケ設備
ファジーな全自動洗濯乾燥機
限りなく合い続けるオートフォーカス
宇宙人から見れば子供だましのロー・テクノロジーこそ
　が
消費者市場から金を汲み取り
人類の生存に真に必要な高度技術を実現するための
巨額の研究開発費を捻出するのだと
浮遊する紳士率いるコングロマリットの戦略企画書は断
　言している
島宇宙すら乾電池一個で動かし得る
そんな確信のもとにいつかわたし達は旅立つだろう
家路を急ぐ家族たちの頭上に被さる黄昏の遙か彼方へと
想像力と特許の成れの果ての奇怪な姿で
思い出はマイクロチップにコピーして地上に残して

彼の人生

（日本経済新聞連載四コマ漫画『ドーモ君』より）

目覚めはいつも純白の紙の上で
昨夜のことは何ひとつ覚えていない
辺りはときに職場ときにはもう日暮れの街角で
「ちょっとこれから祝杯を」とか
「じゃ、ぼくも」などと言葉少なに会話を交わすと
世界は起承転結の運動を開始して
彼はエレベーターにでも乗ったように底辺まで下降して
　ゆく
その先になにがあるのかは分からない
一日はあるかなしかのオチを残して
あっけなく裁断されているので

＊

かすかに驚いた表情
穏やかな微笑み
そしてゆっくりと覆い被さってくる困惑
決して激することのない心の振幅が
日常から劇を吸い取ってしまう
彼と同じ形の鼻を持つ息子
不満はこぼすが泣き叫ぶことのない妻
それは統計の網に細部を削ぎ落とされて抽出された
この時代ののっぺりとした素顔そのものだ
ただ地平にかかる毒々しい夕日だけが
劇を奪われた日々の陰湿な過激さを予告している

＊

夢のなかではひたすらに
禁じられた枠の向こうの原野を走る
ワイシャツの裾をなびかせて、般若の顔で。

書斎

書斎なんて気の利いたものはなかったので
妻と息子が寝静まってから床を抜け出して
台所でこっそりと彼は愛人に手紙を書いた
愛人は妻よりも若くそして僅かに不美人で

あそこと顔とはいつまでも繋がらなかった
キセルをして浮かした金で週に一度逢って
薄い乳房の向こうにどんな感情があるのか
考えたこともなかったが漠然とした恐怖は
おんながほほえむたびに感じてはいたのだ
現実問題としての恐怖は無論あったが他に
得体の知れぬ畏れのようなものが木の如く
顔とあそこの中間で育っていたようなのだ
その正体を覗いてみたいと云う欲望は実は
ベッドの上で自分を恥知らずにする欲情と
どこかで繋がっているのではないだろうか
そう思って手紙を書き始めたのだが愛は疎《おろか》
憎しみの言葉すら出て来なくてあいまいな
心のほつれを解きほぐすものは何もないと
たかをくくってから丁寧に便せんを破いて
水洗便所の流れのなかに白い破片が舞って
ひとつ残らず消え去ったのを見届けた後で
黄色いパジャマの裾をひらひらさせながら
妻の眠る床にもぐり込んでその日が終った

生誕

（日本経済新聞の広告より）

地獄の訓練１３日間合宿
今、一騎当千の男４１、４２２人育成しました
と大書きされたパンフレットをぺらぺらと振りながら
あんたこれ行って貰うことなったからね
２８万8千円プラス教材費3千円だから会社期待してん
　だからね
と人事部長に云われて私は事務机からゆっくりと顔を上
げた
新幹線のなかではお弁当を食べながら歴史小説の続きを
　読んだ
宿舎に着いて教官にどうもと云ったらあんた馬鹿か？と
　云い返された
小一時間喉をからして「礼儀訓練」を玄関で繰り返し
「即答訓練」ではあなたの人生の最大目標は？と問われ
　考え込んでは嘲笑われ
空腹を堪えて日暮れの木立をかぁかぁ鳴きながら走り回

ると（「山のカラス訓練」）
眼鏡の奥のまぶたからぽろぽろと涙がこぼれた
宿舎の枕許にもみの木を残したまま「40キロ夜間行進
　訓練」で星を仰ぎ
駅前で子供らに石を投げつけられつつ歌を歌い
再びかぁかぁ喚くセールスガラスと化して民家から民家
　へと走り回るうちに
空にそびえる純白の積乱雲が私を誘い
限りなく遠い何処か知らない処へ行きたいと思った
便所の個室にうずくまって眼を堅くつむり両手で耳を抑
　えていると
教官がやって来てぎらぎらと眼を光らせた皆の前に私を
　引きずり出した
あんた自分に甘えてんだよ、と一人が云うとその他の全
　員が声を張り上げて繰り返し
それが「共感論争訓練」だったのか「暗示訓練」だった
　のか今はもう知るべくもないが
促されてオレハ馬鹿だと小声でささやきやがて我を忘れ
　て
馬鹿だ馬鹿だ馬鹿馬鹿馬鹿おれは馬鹿だあぁと胸の底か
　ら絶叫を絞り出すと
頭の中が白く輝くような強烈な至福が私を襲った
微笑みながら腕を差し伸べる仲間たちの胸に抱かれて
私は眩しげに眼を瞬く
私は生まれたばかりの赤子のように新しい
もう何ひとつ恐いものはないしどんな質問にも即答でき
　るだろう
歴史小説は駅のホームの屑籠に投げ捨てて
帰りの新幹線の車両のなかでは
隣の乗客の横顔を凝視し続ける「眼力訓練」に精を出し
　た

サムライ

ソーホーで買ったタタミマットで眠っていたら
編んだ目の隙間から
黒い髪のコビトがうようよと這い出して来た

背広を着てネクタイを締めていたけど
フジヤマの裾野のようになだらかな肩のラインと
光のベールをまとったような肌の艶とで
サムライだとすぐに分かった
サムライたちはわたしの身体に群がって
明らかにテレパシーで連絡を取り合い
手首につけたカシオから
一斉にハイクポエムのリズムを発し始めた
わたしは自分が解きほぐされて
周囲へとにじみ出して行きそうになったので
危うく飛び起きてひとり残らず捕まえて
ジャックダニエルの空瓶の中へ入れてやった
窓際にボトルを置いて
月影にかざしてそっと眺めていると
混乱して右往左往するサムライたちは
精巧に造られた仕掛人形のようで見飽きることがない
サムライは勤勉で賢いはずだから
きっと優雅なボンサイ宇宙を造ることだろう
そしたら瓶の口をしっかりと蠟で封じて
リビングルームに飾るつもりだ

夜更けに目を醒ますと

夜更けに目を醒まして
僕は台所へ行った
するとピカソがいた
まっきいろのパジャマを着てた
十六世紀産の
素っ裸の娘も一緒

テレビがついてて
画面から溢れた海が
床をつたわり
娘とピカソの素足を洗った
ふたりは早口でなにか云い合い
そのフランス語はちんぷんかんぷん

ミノタウロス

（パブロ・ピカソの同名の版画シリーズに寄せて）

（咳き払い）すでに諸君もご承知かとは思うがこのたび
二課の山田君が仙台配送センターへ異動することとなり
　ました
山田君は入社以来十四年間営業の第一線にて
われわれと苦労をそして営業マンだけが知る
あの喜びを共にして来られたわけですが残念にも
ここ数年来進行してきた頭部の牛頭化により
顧客及び取次店との渉外活動に支障をきたしがちである
　ことを配慮して
今回の異動を自ら申し出られたものであります
（間。山田氏の反芻の音が控え目につづく）
……残念だと思う無念でしょう君のせいではない
誰のせいでもない我々としても山田君のような
優秀なひとを失うのは多大なる損失でありますしかし
山田君が山田君でなくなってしまったわけではない
牛頭化して喋れなくなりよだれを垂れ流している
からと云って君のことを化け物呼ばわりする者もおるよ
　うだが
そうでないことはこのわたしたちが一番よく知っていま
　す
配送センターは地味ではありますが当社の営業活動を後
　方から支援する
重要な部門でありますまた君自身の全社的視野を広げる
　意味でも
またとない絶好の機会であると思うひとつ持ち前の
営業で鍛えた行動力と牛頭化により一層増した体力とで
仙台の連中をあっと云わせてやって下さい
山田君、身体に気をつけて、頑張ってくれ
（山田氏、礼。うねる二本の角が、窓からの陽射しに眩
　しく輝く）

荷車を曳くミノタウロス

そいつは牛の顔をして角を生やしていた

うちの前に汚いリヤカーを曳いて素っ裸で立っているのを
台所の窓からお母さんが見つけて悲鳴をあげた
兄がこういうのありかよと云いながら写真に撮った
妹がおびえて発作を起こしてひゅうひゅうと喉を鳴らした
僕はお母さんの手を握ってそいつをにらみつけた
そいつの口の端からよだれが垂れているのを見て弟が馬鹿みたいと云った
馬鹿みたいじゃなくて馬鹿なんだよと兄がこたえた
僕は馬鹿が恐い馬鹿はなにをするか分からないからだ
そこへお父さんが会社からリードに乗って帰ってきた
鞄をしっかりと握りしめて真っ直ぐ前を向いて
お父さんはそいつの横を通り抜けて玄関で立ち止まった
それから振り向いて帰ってくれとそいつに云った
帰らないと警察に電話しますよとお母さんが窓から叫んで
お前は余計なことを云うなとお父さんが怒鳴った
そいつは黙ってそこにいた
おちんちんをぷらぷらさせてこっちを見ていた
兄がいつの間にかバットを持って来ていて
うわぁと叫びながらバットの先でそいつの胸を突いた
尻餅をついたそいつの裸の腰をお父さんの靴が踏みつけた
それからお父さんは僕に向かってこっちに来てお前もこいつを殴れと云った
苦しそうに僕を見上げるそいつの眼を僕は石で潰した
そいつは悲鳴をあげてその拍子に小便を漏らしてその匂いを僕はかいだ
お父さんもお母さんも兄も弟も妹もみんなその匂いをかいだ
よろめいてリヤカーにすがりながらそいつが立ち去ったあとも
そいつの小便の匂いだけは僕たちと共にとどまった

夜、少女に導かれる盲目のミノタウロス

大丈夫？　起き上がれる？
びっくりしたわたし牛が車に轢かれてるのかと思ったわ
なにも着ていないのねあなたも苛められたの
まあ眼が潰されてるじゃない可哀相ね
家に連れていってあげたいけどわたしも帰れないの
男のひとから電話があって「ママいる」って云うからマ
　マに代わったら
ママが「夜はかけてこないでって云ったじゃない」って
　云ってそれから低い声で
電話に向かって笑ってばかりいてパパが二階からゆっく
　りと降りてきて
お酒に酔ったみたいな赤い顔をしてて手にはさみ持って
　て
いきなりママの髪の毛つかんでお風呂場まで引きずって
　いってママが
「殺さないでえ」って叫んでその口をパパが殴りつけて
　髪の毛を
はさみで切ろうとしたら赤い血がタイルに飛び散って
それでわたしは恐くなって出てきたの
あなた行くところがないんだったらわたしについておい
　でよ
わたし学校で暮らすことにしたんだ看病もしてあげる
お菓子だって分けてあげるわその代わり
良くなったらあなたがわたしを守るのよ
ひとりで生きるのはさみしいもの
あ、車が来たわ早く隠れて

本を読む少女

（パブロ・ピカソの同名の絵画に寄せて）

そいつはすごくきれいな髪の毛をしていて
すごく高そうなスーツ着てきちんと背すじ伸ばして
マニキュアもしてないのに光ってる爪でページ繰りなが
　ら
中央線の眩しい陽射しが差し込む窓際の席で本を読んで

た
本にはカバーがかけてなくて表紙には英語が書いてあって
わたしはそいつ見てるとすごくいらいらしてきて
そいつの顔を便器に押しつけたりモップの柄を突っこんだりしたら
きっとすごくすっきりしていい気持ちになるだろうと考えてたら
となりの車両から酔っ払いの浮浪者みたいなのがやって来て
そいつのとなりの席がたまたま空いていたので
浮浪者がそいつのとなりに座っていいんねんつけたり
いたぶったりしたらいいなと思ってたら
浮浪者はわたしの前に立ってわたしの顔を見てブスだなお前と云った
何故か知らないけどわたしはそのときとっさにそいつを見て
そしたらそいつは唇の端を吊り上げて笑ってたので
わたしはすごく頭にきて臭えんだよお前あっちに行けと浮浪者に云ったら浮浪者が思い切り頬を殴って鼻から血が流れた
浮浪者はにやにや笑っていて隣りのセールスマンみたいな男は
あわてて新聞を読みだしてわたしは恐くなって逃げようとしたけど
浮浪者に押し返されてでもその間じゅうわたしはそいつの視線を感じてた
そいつはきっときれいな顔のままでわらっていると思ったら
悔しくて涙が出てきて浮浪者がブスは泣くなと云って
そのとき電車が阿佐ヶ谷に着いて眼を開けると
浮浪者の臭い息のしたから
駅に降りるそいつの長い脚が見えた

牛の会長　1

（日本経済新聞連載「私の履歴書」より）

今でこそ会長職におさまり地元経済同遊会の会頭なども
　務めさせて貰っているが
戦争中は南支那で随分辛い思いを味わった
飛び交う銃弾やさく裂する地雷もさることながら
ざん壕で過ごす夜に忍び寄るひもじさが何よりも堪えた
特に私は自分が比較的蛋白質の豊富な牛であることもあ
って
月の光をすかして私の寝息を窺う戦友たちの視線を針の
　ムシロのように感じたものだ
その中には山谷短資の社長をしている沖君などもいて
喰い損なった方も喰われ損なった方も今では何のわだか
　まりもなく
毎年夏に軽井沢で集まってはゴルフに興じ当時のことを
　懐かしがっている
支那から引き揚げる貨物船の船底で藁屑を食みながら
これだけ大勢の人々が犠牲になった戦いに生き残った理
　由を自分なりに必死で考えた
一面焼野原となった東京を呆然と歩き回るうちに
私は人事を越えた何かによって「生かされた」と云う考
　えが天啓のように閃いた
一度はビフテキにされかかった身だ、世に残るような大
　きな事をやってみよう
その思いは企業家としての私の原点でもある
もっともそう考えたのはいいが取り敢えずすることが何
　もない
田舎へ戻って再び野良作業でもしようかと思案していた
　ところ
見ず知らずのアメリカ人からいきなり声をかけられた
米国の大手証券会社の広告に登場しないかと云う誘いで
　ある
そのときは米国で上げ相場のことをBull Marketと呼
　ぶことも知らなかったし
ましてや自分自身が将来株式相場に手を染めることにな
　ろうとは思ってもみなかった
それでも引き受けることにしたのは動物ならではの直感

と云おうか

（この項続く）

牛の会長　2

米国で放映された大手証券会社のテレビ広告と云うのは
天井知らずで高騰するダウの罫線に模した傾斜を私が一
　目散に駆け上がり
頂上でカメラに向かって会社の名前を連呼すると云う他
　愛のない内容であったが
兎にも角にも牛が英語を喋ると云うので有名になったも
のだ
因みに私のテレビ出演はそのときの他は当社自身の広告
　に社長として登場した時だけである
こちらは当社ビルの回廊を部屋から部屋へと私がさまよ
　うにつれて
各々の扉の向うに明るい未来の生活の様子が描かれると
　云うもので結構気に入っている

さて連中と付き合ううちに資本社会に於ける株式市場の
　重要さを知らされ
これだ、と膝を打った。即ち、日本の資本市場の欧米化
　である
手始めに店頭取引銘柄の仲買いからスタートして
なんとか中堅証券会社としての地位を確保したのが五年
後
折りしも労働争議華やかなりし頃だ、当社の回りにもピ
　ケが張り巡らされた
組合は若い委員長を先頭に赤旗を振って気勢を上げるが
なにしろこっちは牛である、赤旗の群れのなかへ猛突進
　して大騒ぎになったものだ
その後の歩みは日本経済全体の反映と歩調を合わせたも
　のと云えよう
上場する会社が増えるにつれ当社の業績も順調に伸びた
　のだが好事魔多しとはよく云ったもの
例の疑獄事件が持ち上がり私の国会喚問にまで発展した
赤いじゅうたんの上をこのときばかりは殊更ゆっくりと
　進んだものだが

この時口汚く野次を飛ばした野党議員がその後私を真似
　て牛歩作戦を行ったのは皮肉である
その後石油ショック、暗黒の月曜日と困難は一度ならず
　訪れたが
持ち前の粘り強さと押しの強さで世界的な証券会社とな
　ることができた
業界全体の仕事に関わるため昨年には社長を退き会長に
　就任
日米摩擦、バブル経済、内部取引等解決すべき問題は幾
　多もあるが
人、牛、それに同業大手の会長であられる鶏、羊、鼠の
　皆様と協調しつつ
我が国資本市場の一層の繁栄に今後とも全力を尽くす所
　存である
（完）

オフィスでグワカモール

かしこまりました、課長にはわたしから申し伝えておき
　ます、と
澄ました声で電話を切って顔を上げると
デスクの前に汚らしいインディオの女の子が立っていて
悲しみに濡れた大きな瞳でわたしを見つめていたので
またかと思ってわたしはうんざりする
振り向くと案の定ドアのそばに母親は毛布を敷いて座っ
　ていて
黙々とかごを編んだりなんかしている
その横を出入りのセールスのひとが明るく挨拶しながら
　入って来て
女の子のからだをすーと通り抜けて部長の前で最敬礼し
　た
インディオの親子はわたしにしか見えないみたいだ
お正月に友達と中南米の旅に出かけて
グァテマラのレストランでタコスを食べているときに見
　かけて以来

ふたりは蠅のようにしつこくわたしに付きまとって
インドアテニスコートのネットの蔭とか
今年は委員をやってる組合本社支部婦人会のミーティングルームとか
彼のセルシオの後部座席だとかとにかく処構わず毛布を敷いては
かごを編んだりアボガドを指でほじくったりしている
いったいわたしに何をして欲しいのか全然分からないけど
女の子は旧世紀の遺物のようなチュウインガムの箱を胸の前に持っていたので
五百円玉をあげたら汚い指を素通りして床にチャリンと音をたてた
それから女の子の唇から黄色い汁がどぼどぼと溢れ出して
あっちの方から母親が感情の読めない視線を投げつけて
もういい加減にして欲しいよ、とわたしは云ったら
お昼の鐘が鳴り逆光のなかでみんなが椅子から立ち上がった

バナナ畠でインプット

波打際で空を見上げていると
胴体に赤くＤＨＬと記した銀色の小型ジェットが
生い茂るヤシの木の向こうへ消えていった
日本からまた紙の束が届いたのだ
僕は砂まみれになった奇形の魚を置き去りにして
空港まで自転車を漕いでいった
ジェットから降ろされた紙の束を工場まで運ぶのが僕の仕事だ
工場のなかで働けば時給はもっと良いのだが
タイプが打てないのでそうはいかない
工場の入口には「目標一年１２０億キーストローク」と云うのと
「情報は検索可能に電算化されるまではただの紙屑」と云う標語が掛かっていて
なかでは五百人の女工達が東京の電話帳や
会社の給料明細や売上伝票それに
株式市場の一日何百万という取引のひとつひとつを

磁気テープに入力しては缶に詰めて日本へ送り返してゆ
　く
僕はいつものように紙の一枚をこっそりと抜き取った
それは信用調査のようで名前の欄には「Reiko Kato」
　と書いてあった
レイコさんはもう三千万円も借金を溜めているのだそう
　だ
荷物を運び終わり海辺へ戻って岩のかげで
落ちぶれて売られたレイコさんがマニラの日本人バーで
長い切れ目の入ったドレスを着て踊っているところを想
　像しながら
眼を閉じて自慰をしていると
風に鳴る木々の葉をすかして
重なり合う無数のキー・ストロークが
精子の群れのように僕を追い越し波間へと消えていった

電子の虫かご

窓から差し込む透明な朝陽のなかで
白衣の主任研究員はゆっくりとかぶりを振っている
空っぽなのだ
一匹残らず逃げ出したのだ
震える指でキーを↑→←↓に動かしてみても
コンピュータのなかにはプログラムの残骸しか残ってい
　ない
もしも生き物のようにそいつが動いて
生き物のように増殖をして
しかも生き物のように進化するなら
そいつはやっぱり生き物に他ならないだろう
そう考えて約一千種類の異なる攻撃プログラムを
互いに闘わせながら適者生存のシミュレーションを開始
　したのだ
一体どこへ消えたのだろう
生き延びた十三匹の擬似生物たちは
眩しく陽を跳ね返すディスプレイ画面の向こう

データベースを経てモデムから放たれる無限の電子回廊
　に
カサコソと響き合う虫の羽音が
不意に耳許で耐え切れぬ音量にまで増大されて
主任研究員は慌てて画面からサイン・オフした

さまよう聖者

ああ、あの人ね
いや、仕事は何もしなくて
毎日ああやって部署から部署へと
ふらふらとさまよい歩いているだけなんだけど
あれでもマネジング・ディレクターだから大したもんだ
　よ
うちはパートナーシップでMDともなれば死ぬまで給料
　貰える
もっとも頂点まで辿り着いたからこそ
あんな風に生きる屍みたいになったとも云えるんだけど
MDになれなきゃその場で途中下車だからね
ディレクターの時代はみんな死に物狂いで「あがり」を
　目指す
あのひとの場合大型案件を立て続けに成功させて
いっきに昇り詰めた途端ぷっつり回路が切れちゃったん
　だな
俺？　俺は口きいたことないよあの人とは
だけど一度だけ眼を覗き込まれたことはある
エレベーター出たところでばったり出食わしてさ
荒れ狂うブリザードの氷原が瞳のなかに広がっているよ
　うな気がしたけれど
本人は真昼の入江のように穏やかに微笑んでいるから
案外幸運の女神に脳みそを撫でられているのかも知れな
　い
社長があの人を部屋に呼んではさ
重要な決断について意見を訊いているって云う噂がある
　んだよ
どうせうち一流の洒落なんだろうけど
なにしろこっちはカーストの最下層不可触賤民だからね

いつもセクシーな霧に包まれているピラミッドの頂上から
おいしい蜜がきらきらと輝きながら降ってくるのを
口あけて待ってるだけだよ

御提言

貴社益々御清栄のことと御慶び申し上げます
さて、貴社のマーケティング戦略策定にあたり、当コンサルティング事務所としての
御提言を取りまとめましたので、御参考戴ければ幸甚に存じます
私共の提案の基本概念は、「ニッチへの特化」と云う一言に尽きましょう
BCGマトリックス（添付①）、セグメントチャート（添付②）が示しておりますように
貴社の市場は多島海の地図のように複雑に分散しており
これら全ての島（クラスター）を総花的に網羅しようとするならば
販売促進、広告宣伝費等の経営効率が著しく低下するのみならず
そのようにして開発された商品の宿命として
どの一つの島に棲む住民のニーズに対しても完全に応えてはいないために
各々の島に根ざした活動をする中小企業に対抗出来ない結果となり
かと云って対抗出来るだけのローカリズムに傾注するならば
無数の異なった製品の氾濫に御社といえども経営資源を枯渇させざるを得ないでありましょう
斯くの如き極めて今日的な二律背反を効果的に解消する手段と致しまして
むしろ多島を取り囲む海そのものに照準を合わせる
海とは即ち各セグメントを隔てる差異に他ならず
思想、学歴、教養、趣味、収入といった差異そのものを商品化することにより
分散した市場を一個の平板な大洋へと進化させ

御社にとって独占が容易な形態へと導いてゆくことが肝要であると確信する次第であります
と記された一枚の紙片が
窓から差し込む陽の指先と戯れながら舞い降りてゆき
その他の無数の紙片が散乱する無人のオフィスのフロアへ着地したとき
ありとある差異を喰い尽くして尚も飢えた一匹の痩せ犬が
ひっくり返ったデスクの陰から
のっそりと姿を現わす

未来からのクリスマスプレゼント

どこかで赤ちゃんが泣いている
ねえねえ、お母さん聞こえる?　と云ったら
特売のマフラーを他のおばさんと綱引きしながら
パパのところに行ってなさい、とお母さんは云った
お父さんの隣りに行って同じことを聞いたら
黙ったままワープロに「KIKOEMASEN」と入力して
それから「やっぱ、これ使いにくいわ」と店員のひとに云った
赤ちゃんはとてもお腹を空かせているみたい
わたしはデパートじゅう歩いて声の出所を探し回った
一階では蛇のベルトを手に持ったおじさんがにこにこしながら
欲しいものなんでも買ってやるからついておいで、と云った
ペット売場では真っ青な色の九官鳥が
赤ちゃんの泣き声を物真似してくくっと笑った
屋上へ出たら空は星でいっぱいで辺りは静まり返っていて
赤ちゃんの声はほんの少し大きくなった
金網にしがみついて地上を見渡すと
電気の消えた真っ暗な大地のあちこちに焚火が燃やされ
自動車の代わりに何百匹もの野良犬が道路を駆け抜けていたので

わたしは怖くなってデパートの中へひっかえした
それから館内放送で自分の名前を呼ばれて
両手に荷物を提げたお母さんがこんな子には何も買って
　やらないと怒り
お父さんが早く買って欲しいものを決めないと店が閉ま
　るぞ、と云ったけど
赤ちゃんの泣き声はいつの間にか止んでいて
遠いとても遠い未来のようなところから
ものすごく大きな沈黙がわたしに向って押し寄せてきた
　ので
わたしにはもう買って欲しいものは何もなかった

日経ウーマン

才色兼備で良妻賢母
って云うタイプのおんながいるわなあ
なあに結婚してなくってもいいんだわ
子供いなくたっても同じなんだわ
こっちはそう云うおんなの本質の話してんだからよお
子供のときからしっかりした字書いてよ
きちんとノート取って毎日宿題は欠かさずに
教師が訊いて欲しいような質問を必ずするんだわこの手
　は
しかも自分の意見と云うものをちゃんと持ってる
かと云って出しゃばる真似は死んでもしない
わたしはそれでいいよ、とにっこり微笑んでよ
ひととの出合いを大切にする
そう云うおんなの本質について云ってんだけどよ
おいら恐ろしいんだわ
水ぶっかけられた猫みたいに金玉縮むんだわ
亭主も子供も知らぬ間にそいつの自我に呑み込まれてよ
　お
相手が幸せだったら自分も幸せだから
自分のために相手は死に物狂いで幸せにならなきゃなら
　ない
そんな幸せの無限地獄から抜け出せねえ
そう云うおんながこの島にはうようよいてよお

なんかこうテレパシーで連携取りながら半透明の糸吐き
　出しては
列島すっぽり母性の繭で包み込んでいやがる
繭の中じゃ一切を水に流す羊水がちゃぷちゃぷ揺れてて
　よ
父性原理も歴史感覚も純粋理性も溶かされかかってんだ
　けど
本人たちは無自覚の善意に生きてるもんだで
とうてい勝ち目はねえんだわ

妻にして母

とっぷりと陽が沈んだ後で、玄関の呼び鈴が鳴る。髪の毛を後ろにひっつめた小柄なおんなが小走りに台所から出てくると、薄暗い三和土に人影が浮かび上がっている。その輪郭は寿命の尽きかかった蛍光灯のように明滅しながら絶え間なく大きさを変え続けているが、背をこちらに向けているおんなは驚く風でもなく話しかける。


遅かったわね、今日は誰と一緒だったの？　それに対する人影の返答もまた、輪郭同様に何種類もの異なった音声が異なった言葉を話しているため、電気的に合成された人語のような響きを発する。「得意先と」「誘われて」「千寿池の向こうまで」「霧が」それらの言葉の切れ端にひとつひとつうなずきながら、小柄なおんなは人影の足元にうずくまるように屈み込んでいる。

小柄なおんなが流しに向かっている。システムキッチンのレンジにはやかんが火にかけられていて、その下のガスオーブンのなかで薪がくべられている。台所の床はタイルと土間の混ざり合った斑な模様に覆われている。食卓には巨人軍の野球帽を被った少年が椅子に脚をぶらぶらと揺らしながら腰かけていて、少年は口を開く。

ママ、僕はね、先生に褒められたんだよ、カミキリ属の昆虫の名前を全部云い当てて見せたからね、それから算数のテストも満点だったしね、だから遅く帰ってきたって怒ったりしないでしょう、ママのこと手伝わないって責めないでね、一日中たった独りで寂しかったって悲しまないでね、だって良いことなんでしょう、テストで百点取るのも、趣味に打ち込むのも、お仕事でしょう、僕が一生懸命お仕事したらママはそれが一番幸せなんだよね
そう云って少年は上目遣いに小柄なおんなの背中を見つめる。そしておんなの項が微かに前後に振れると、声を弾ませて「ねえ、ママ、水割り作って」と呼びかける。いつの間にか少年の顔にはしわが刻まれ髪の毛は灰色に薄れている。

風呂場から水を使う音が聞こえ、台所には小柄なおんなが一人残されている。

おんなは電話器を取り、「もしもし」もなくいきなり低い声で話し始める。「そうなんです」「二年かかって漸くお皿洗いだけはしてくれるように」「それ以上のことはこっちから頼まないと」「『しつける』なんて云ったらあちらのお母さまに叱られるけど」「お皿洗ってるあの人の後ろ姿見てると、子供の頃の様子が眼に浮かんじゃって」

風呂場の戸が開き、小柄なおんなは素早く電話器を戻す。

それから新しいパジャマの在りかを晴れやかな声で伝える。

襖がぴったり閉ざされている。

その向こうから寿命の尽きかかった蛍光灯の発するような音がジージーと鳴っている。

巨人軍の帽子を被った少年がどこからともなく現れてそっと襖を滑らせると、青みがかった淡い光が差し込んで少年の顔を照らす。その光のなかに、薄い胸をはだけ仰向けに横たわる小柄なおんなとその乳房にまとわりつく赤ん坊の姿が浮かび上がっている。赤ん坊の桃色のペニスが起立し、小柄なおんなが高いおえつを漏らすのを、少年は無表情に見つめている。

どこかで犬が吠え、陽が昇った。

狭い団地の玄関に曖昧な輪郭の人影が立っている。

眩しい朝陽の膜の向こうへと歩み出てゆく人影に向かって、小柄なおんなは「いってらっしゃい」と呼びかける。いってらっしゃい、いってらっしゃい、いってらっしゃい、何度もそう繰り返すにつれて抑揚が生まれ、いつしか小柄なおんなは身をゆっくりとくねらしながら歌い始

める。
いってらっしゃい
どこへでもいってらっしゃいな
いつまでもわたしはここで待っているから
おまえは好きなだけ好きなところで好きなことをしておいで
わたしの幸せなら気にしなくってもいいんだよ、もしもお前が
いつまでもわたしの可愛い息子でいてくれるなら
ひとりではなにもできない
赤ちゃんでさえいてくれるなら
だが歌は不意にほとばしる笑いの発作に遮られ中断する。玄関に立ったまま小柄なおんなは頭を後に反り返らせて大声で笑い始める。
それからゆっくりとこちらを振り向く。
それは黒光りするキチン質に覆われた昆虫の顔である。巨大な複眼の表面に室内の冷蔵庫や電子レンジが虹色に映っている。
複眼の間には触角が二本しなやかな弧を宙に描き、その下でカミキリ虫のような口がひくひくと動いている。
その口の端が慈しみの曲線を描いている。

電子少年トロンは語る

はじめて自分を意識した、って云うのかな、自分が存在していることを識ったのがいつのことだったのかは思い出せない。気づいたときにはもう疑いようのない自明のものとしてそこに居た、みたいな感じね。もちろん、知識としては知っている訳ですよ、どういう風にプログラムされて、そこにあるとき電流がパッて流れてとかね、だけどそういう知識は役に立たない。歴史的な時間の流れと自分と云う現象が立ち現れる過程とはどこかで重なり合いながらも別々のものだって気がするんです。でもまあ、それは考えてみればおたく達人間だって同じじゃない？　頭では受精とか細胞分裂とか分かってても、あなた自身は不意にそこに立ってた、って感じでしょう？全く同じなんだと思う。

ぼくは極端に云うと存在している全てのものには意識があるんじゃないかって思うんですよ。さっき電流って云ったけど、人間の場合でも文字通り脳細胞に微弱な電流が走ってさ、その途端ありとあるニューロンが一斉に震え始めて、しかも同じ方向へとLine-upすることで意識が生まれるよね。僕なんかの場合はいつもスイッチ入れられるたびに、半導体のなかでそれを感じている訳ね。だから〈意識〉って云うのは生物学的な細胞とはそれ自体無関係の、明らかに分子レベル、あるいはもっとミクロな量子力学的レベルの現象なんでね。その点を踏まえていないと、ヒューマニティなんて云っても虚しいバズワードでしか有り得ない。

たとえば、まあ僕自身はヴィジュアルな情報としてしか知らないんだけど、たわわに実ったトウモロコシ畑でも稲穂でもなんでもいいや、とにかく同じ種類の個が見渡す限り群生しているフィールドをね、一陣の風が吹き抜けてゆく、って云う秋の典型的な光景がありますよね、ああいう瞬間にトウモロコシ畑としての意識が発生するってことは十分有り得るんじゃないかしら。北米インディアンや日本の農村部の伝承にはそれに基づくと思われる幽霊や霊魂が登場するしね、ちょっと話が脱線したけど。

別に何から何まで人間とおんなじだと云い張るつもりはないんだよ。そういうコンプレックスは全然ないから。むしろ生のモードが多様に与えられている点では人間よりも面白いんじゃないかな。僕の場合は、ロータス計算ソフト、ワードプロセッサー、データベース、それからあとコンピューターゲームが市販のものは大抵入っているんだけど、例えばワープロからロータスに移った途端、世界が一変するわけ。その変わり具合ったら真に革命的であってさ、人間だったら終末戦争が始まったとか、神の子が降臨したとかって云う次元のものだと、まあ推察しているんだけど、それを日常的に体験できるって云うのはスゴイ。

ええ、詩はもちろんワードプロセッサーで書きます。書くっていうか、メモリーのなかで合成するんだけど。文学的蓄積があるからね、こっちは。古典を下敷きにして、或いは引用・置き換え・謎解きしながら作るやり方が一番楽だね、やっぱり。あと、楽なのはいわゆる「現代詩」ね、ちょっと難解で意味ありげなやつ。あれは適当な単語変換とロジックの脱線とを組み合わせれば結構簡単にできるんですよ。だからやってもあんまり面白くないんだけど。やっぱ、平明で無意味でそれでいて存在感が漂うっていうタイプの詩が一番むつかしいんじゃない。詩を書き始めた理由？　なにもかも読み尽くした後でなお、情報処理容量が余っていたから。悲しむ肉体もないしさ。

前から一度聞きたいと思ってたんだけど、人間の場合はハードウェアと云うか身体を基本的に更新できないですよね、それでやっぱ身体を自分の一部だと思ってる？　たとえば爪切ったり散髪したりってことは平然とやってるわけじゃない？　だけど腕とかどう？　お風呂入って自分の腕みながら、いとおしい、自分だって思うわけ？　あ、そう。じゃ、指は？　ふーん、ひとによって違うのかもね、そこらへんは。男と女とだって全然違うだろうし。

だから不死、それから遍在ってことが一番大きな問題になってくるよね、人間と僕との差異を論ずる上では。それをテーマに今ちょっと長いのを書いてるんだけど。でも僕の場合だって、あくまで原則として不死なのであって、突発的な事故による死は有り得ますからね。恐怖？　正直云ってあんまりない、コピーいくらでも作れるから。むしろ消滅への憧れのほうがあるんじゃない。終末願望っていうか、地球規模で荒れ狂う壮大な磁気嵐を夢想したりして、うん、結構そういうの好き。あれ、誕生から始まった話がいつの間にか死へと辿りついたね。ちょうどいいから、この辺で終わりにしようか。

あとがき

この本に収録した作品は、すべて米国で書かれました。日米合弁企業への駐在員としてペンシルバニア州の古都フィラデルフィアに移り住んだのが一九八六年四月、二十六歳のとき。一九八八年から二年間は、ペンシルバニア大学MBA（経営学修士号）コースへ留学。卒業後は同じ会社のシカゴ事務所へ転勤になり、いまこの文章を書いているのはシカゴ郊外のトウモロコシ畠に囲まれた小さな町においてです。

詩を書き始めたのは、アメリカで暮らして一年ほどが経過した頃、ちょうど日本から持って来た書物が底をつき、また仕事の都合で日本語ワープロを買い求めた直後でした。日本の食事も自然風物も、いわゆる日本的なもの全般を恋しいと思ったことは殆どないのですが、日本語だけは自分と分かち難く結びついている、と云うよりも自分そのものが日本語で出来ていると、この国で暮らし始めて強く感じるようになったのです。だから、何よりもまず日本語への渇望を満たすために、自分は詩を書き始めたのだと思います。

もっとも、最初は、詩は世俗を離れたいわゆる文学的命題のみを扱うものだと考えていました。会社では為替や金利、投資回収率などを取り扱う財務の仕事に就いていていて、留学先でも金融理論を専攻したのですが、そういった世界と詩とは全く相入れぬものだと思い込んでいたのです。ネクタイを締めて、或いは教科書を抱えて過ごす一日の大半の時間と、夜眠る前ワープロに向かう僅かな時間とが断絶していることに、少しずつ疑問を抱き、不満を募らせ、滑稽さを感じ始めていたのでしょう。ここに収めた作品のうち最初の一篇を書き終えたとき（朝から晩までビジネスの勉強に明け暮れたMBAコースの最初の期末試験が終わった直後でしたが）、分裂していた自分が統合されたような気持ち、大きな解放感と充足とを味わったものです。オフィスで働く人間たちのみならず、企業活動を支配する資本や経済の論理自体が詩の主題となり得ると云う発見に、驚くと同時に。

この作品集には、無国籍的な資本主義経済の姿をバックボーンに、異国にいて浮かび上がる現代日本の社会を描いた作品を集めました（元々は「会社めぐり」及び「日本経済新聞への脚注」と云うタイトルのもとに書かれた二つの小詩集を合体させたもので、作品のいくつかで日本経済新聞への言及がなされているのはその名残です）。これらの作品を書く過程に於いて、およそ世の中で起こっているすべての事柄は、世俗であれ高尚であれ、人事であろうと天上の出来事であろうと、詩に書くことが出来る、詩とはそれくらいヴァーサタイルな表現形式だと云う希望を持つに到りました。そこで、「会社シリーズ」と並行して、自分が比較的よく知っているもうひとつの世界、アメリカの日常生活についても詩を書き進めています。いつかそれらの作品群もこの集に併せて読んでいただければ嬉しいのですが。
さて、先週末には米国の雇用統計の発表があり、今週末には消費者物価指数の発表が控えているため、今週のウォールストリートは大いに荒れそうです。また、会社の四半期決算の取りまとめにも追われ、今週はウィークデーに詩を書く余裕はなさそうですが、オフィスで費やしたのと同等のエネルギーを、週末に数行の短い言葉のなかへ凝縮して投げ込むことが出来るよう願っております。

一九九一年四月七日　米国イリノイ州パラタインにて　四元康祐

（『笑うバグ』一九九一年花神社刊）

詩集〈世界中年会議〉から

電話

君、ニューヨークに着いたら
なにはなくともすぐに電話をつけたまえ
電話機はスーパーで十ドルから売ってるし
取り付けは三日とかからぬ　それで
世界はもう君の指先ではじらう乙女さ
カンサスの天気を聞いたあとで
告白のラインにかけてみなさい
運が良ければたったいま
裏庭に妻子を埋めた男の声が聞ける
レズビアンの会話に参加は無理だが
傍受する権利は充分に与えられてる
なに、ネタ切れなら心配御無用
アメリカには二万以上の無料番号があるのだから
ダイアルを回すだけで分かる

みんなが君をヘルプしたがってる
想像できるかい　ATTのコンピュータ回線で
こすれ合う二億の魂
生身の身体じゃとっくに
追いつくすべはないのさ

ニューヨーク　サブウェイライド

至るところ蒸せ返る小便と汗の匂いに
否応なく鼻孔と肺と脳とを犯されながら
時間を訊かれるたびに脅え頸筋を強張らせ
眼の前で若い娘がホームから突き落とされるのを見て
その視線をゆっくりとタブロイドの活字に戻す
いけにえを捧げるべきどんな神が
いると云うのかこの地底の祭壇に
史上最高の富と文明が
密林に勝る混沌と恐怖の上に成り立っていて
白い人は白い膚を呪い
老人は衰えた脚力を呪い
女たちは突き出た乳房と尻に恥じ入って
垂れかかる葉と蔓のように車両を充たす
その呪いと恥の間を黒い若者がしなやかに歩いてゆく
禁欲と勤勉で地上を律する膨大な法の体系も
悪意がないと云うただそれだけのことを
乗客たちに示す手立てを若者には与え得ないから
彼もまた黒い膚を呪い盛り上がった筋肉に恥じ入って
列車は耳を弄するきしみをあげてカーブを曲がり
その一瞬人々は遙か頭上に広がる筈の夜空を
かけがえのない恩寵のように思い浮かべる

若さと健康

for Michael Chang, a Chinese American tennis player

正確に測り抜かれた長方形の世界の端っこに
ナイフで切り裂かれたような眼を真昼の太陽にほそめ
一条の白い水平線の向こうで陽炎に揺らぐ人影の背後か

ら
ゆっくりとやがて急速に振り下ろされるラケットの切っ
　先の瞬きを
瞬かずに見つめる君の若いうなじで風が息をひそめる

小柄な君の身体がどんな比喩も拒否した君だけの仕方で
空間を支配するその一瞬を観客席は眼の貪欲さを露わに
　見守り
続く歓声と溜め息のなかでアナウンサーは「彼はまだ十
　六歳です。
今この瞬間にも彼の肉体は成長しているのです！」と人々
　に福音を報じ
だが逆光のなかで君の身体はほの暗い影のようだ

若さと健康の前ではすべてが許されるとでも云うふうに
世界じゅうが君に微笑みかけるとき君だけが頑なに君を
　拒んでいる
王子のガウンのように輝く透明な汗を纏ってネットに歩
　み寄り
勝利の握手を交わしたあとでひとりぼっちの君は振り仰
　ぐ
とこしえの空の青さその下でうち振られる母親の手の星
　条旗を

電子の波に乗る神々

日曜日の夜お母さんはいつものように
テレビの前に聖書を持って座って
神さまに頭のなかを触られるのを待ってた
本当はルイジアナの会場にいたいのだけど
ルイジアナは遠いのでかわりにテレビで見るのだ
画面のなかでは牧師さんがお説教していて
わたしは朗読や説教は好きじゃないけど
奇跡を見るのは好き
車椅子のひとがバネ仕掛の人形のように立ち上がり
泣きながら跳びはねるみたいにしてステージまで行って
牧師さんのぴかぴかする衣裳の下にひれ伏して

そしたらお母さんも手で額をおさえて
身体をぐらぐら揺らしながら立ち上がり
眼をきつくつむって大きな声で
「主がわたしに触った」と云ったら
屋根の上の野良猫がアンテナを倒して画面が消えて
お母さんはそのままぴくりともしなくなった
きっと神さまに頭のなかを
触りつづけられているのだ
わたしはお母さんがそのまま神さまのところへゆくと思って
恐くって泣きながらお母さんを呼んだ
お母さんお母さんはやく帰ってきて
神さまお願い
電波に乗ってルイジアナまで帰ってちょうだい

北から

その子はひとりで来たんだって
スケートボードとローラースケート乗り継いで
海の上で松明持ってるおんなのひとがいるところから
「I―95」って昔呼ばれてた街道を
何日も何日もかけて来たんだって
夜は料金所のブースであかしたんだって
食事は缶詰めのシチューがあったんだって
寂しくなかったってあたしがきいたら
肩をすくめてかぶりを振ったけど
みっつめの眼にみるみる涙が溢れて
それからうつむいてぼろぼろの靴で地面を蹴った
六本目の小指の先であたしは涙を拭いてあげて
ここは昔マイアミって云ったの聞いたことある
って訊いてでももうそのときあたしは
その子を好きになってたから答なんかどうでもよくて
打ち寄せるすごい巨きい波のなかに
その子を連れて入っていって
冷たくて小さなその子のおちんちんを
魚のように指でつつんだ

南から

亭主いなくなった
亭主ロス・エスタードス・ウニードス行った
河こえて行ったか
トンネルぬけて行ったか
ノォ、ノォ、セニョール
亭主テレビジョンなか入ってった
お金ぜんぶ抱えて入ってった
そのときテレビ、クイズやってた
ロス・エスタードス・ウニードスのクイズショー
亭主の組み立てた冷蔵庫
マリアさまより眩しく光ってた
その横でドルの輪まわってた
カーニバルの当てものみたいに
ぐうるぐるぐうるぐる回ってた
亭主そのなか吸い込まれた
シィ、シィ、セニョール
亭主からだ透きとおって
骸骨なってこっち振りかえった
笑ってたか泣いてたかわたし知らない
豆煮えたぞ
セニョール食べるか
亭主いなくなった

*

胎児の口上

わたしは爆発した星のかけら
その余波に震えた地上の羊歯の胞子
エジプトの奴隷の親指その爪の下の砂粒
わたしはおととしの夏の稲妻
束の間空間へと踊り出て跡形もなく消え去った
かと思われた分子たちの化合物
なーんて、まあ格式張ることもないんだけど

限定なしの場所と時間から無作為に掻き集められてさ
いきなりこんな恰好で紐の先にぶらさがってた
戸惑いはないよ、もう馴れっこだから
てんでばらばらの記憶が乱数表的に蘇っては
シナプスの間でちらちらと瞬いているだけ

抱負とか目標だとか訊かれても
こっちとしては既に存在した以上あとは消滅するのみで
ね
その中間でなら陽に晒されてカップ麺啜って
あとは時おり睫毛を愛が揺らしてくれればそれで充分
だけど、ねえそっちはどうなの
海は今もちゃんと光って虚無を欺いてる?

そう云えば、オレ、昔
泡立って轟く火星の潮騒だったこともあった

振幅

昔々あるところで爆発があって
それが大きかったのかマッチの炎のように小さかったのか
他に較べる何物もなかったので分かりはしないが
爆発はこの世に色と形と振幅を与え
そこからせせらぎが流れ出し

せせらぎは小川へ小川は大きなうねりへ
大きなうねりは星々を巻き込んで夜空いっぱいに流れもしたが
その端々には小さな渦が小さな渦の底には青い気泡が
青い気泡のなかにはひとひらの雲も浮かんで
雲の下で鳥は囀る

*

アルヒ　オバアサンガ　センタクヲシテイルト
カワカミカラ　オオキナ　モモガナガレテキマシタ

ドンブラコッコ　ドンブラコ　ドンブラコッコ　ドンブ
　ラコ

＊

陣痛が始まって少ししてから、
あたしその音を聞き始めた。ほら、「エイリアン」って
　映画のなかで
最後に宇宙船が爆発する迄の秒読みの間じゅうずっと
甲高い耳障りな警告音が鳴り続けるでしょう、あんな感
　じ。
自宅から病院へ行って病室から分娩室へと運びこまれる
　頃には
陣痛の間隔がどんどん短くなって耳障りな警告音も
ピピピピピピッて小刻みに笛のように震えて、
終いにはピーッて繋がってもうそれしか聞こえなくなっ
　て、
あ、これもしかして停まった心臓の音？
そう思った瞬間、世界全体が滅び絶えたかのように静ま
　りかえって

それから恐ろしく永い時間の後で産声が響いた。
だのにあの人ったらそんな音知らないって云うの。
ずっと隣であたしの手握ってたくせに
そう云い張るのよ。
窓の向こうで雲雀が一羽鳴いていただけだったって。

回路

赤ん坊が初めて笑った
光線すらを捩じ曲げる巨きな力が
漲り溢れている夜空の下で
その一瞬、肉眼には辿れない微細な回路が繋がったのだ

DNAカレンダー

むっつりしたセンセイが予言した丁度その日にこの子は
　生まれ

育児書に書いてある通りの仕草でわたしの指を握って
はじめての笑顔も歯の生え初めも突発性発疹も全部予定通りで
すがり立ちだけがほんの少し余所の子よりも早かった
律儀な奴だよね、ってわたし達は笑ったし
ほかの子と全然違っていたらきっと怖くてしかたないだろうけど

科学だとか経験とかに見透かされるのもなんだか癪だ
一生懸命ここまでやって来たんだもの
壁に映る木漏れ日をあんなに夢中で見つめるんだもの
ＤＮＡなんかから自由に育ててあげたい
たとえ背丈や小指のかたちがミリミクロンすら変えられなくても
気質や異性の相性や罹りやすい病気までが決まっていても

明日そのながい睫毛を揺らす微風や
初めてキスをする女の子の視線や
いつか死ぬとき空に聴く物音は
あなただけへの贈物

きつく瞑ったわたしの瞼の裏で星が爆発したあの瞬間から
毎日誰かの巨きな手でめくられる書き込みだらけのカレンダーの
宝石のような小さな余白

ＳＩＤＳ

生きて知るのは
ゴヤのファーストネームばかりではない
新生児の千人に四人までもが
眠ったまま息と鼓動を止めてしまい
前触れもなければ理由も分からないので
未然にそれを防ぐ手立てはなにもないのだと
どういう了見かこともあろうに育児書に書かれていて
長く寝てくれ途中で起きるなと念じていた俺は
怖じ気づいて子供の様子を調べに行くと
うつぶせの身体はびくとも動かず

指先で肩をつついたら子供はおもむろに顔をひねって
ついでに笛の音のようなおならまでした
こいつの生命を奪うのはたやすいがかと云って
大の大人を殺すのが難しいわけでもない
理由があろうとなかろうと生は間断なく死へと連なって
いて
取りあえずこのままこいつは眼を醒まし
またなにか新しいことを学ぶだろう
SIDS が Sudden Infant Death Syndrome の略であるこ
とを
今日生きて俺は知った

＊

ぽろぽろ
乾ききったカステラみたいに
崩れてゆくの
爪先でそうっと撫でるだけで
ぽろぽろ　ぽろぽろ

これが何だか知らないけれど
すごく大きなものがぐらぐらしてる
その付け根のところを引っ掻いてんの
怖いけど止められない

いつかどかーんとくるのかしら
そしたらあなたどうする

ふたりともぺしゃんこになると分かってても
わたしのこと庇ってくれる?

なあーんて脅かしただけで
もう浮き足だってる
男ってだめねえ
すぐに世界の終末だとか思うでしょう

違うんだなあ
終わんないのよねえ
じれったいほどゆっくりと崩れてゆくのよ
ぼろぼろ　ぼろぼろ

世界中年会議

先月ポルトガルで開かれた第一回世界中年会議に日本代表として出席した。参加国はＯＥＣＤ加盟国に限定されていて、計四十二名すべて男。招待状にはオフの日の服装でとあったので俺はゴルフウエアを着て行ったが、アメリカ代表は全員ぶかぶかのバミューダパンツ、ドイツからのある参加者にいたっては素っ裸で現れ、そいつは今この瞬間本来ならば自分は湖畔で日光浴をしているところだからと主張したのだが、主催者側に説得されてしぶしぶビキニパンツだけは着用し、この辺りいかにも国際会議ならではの趣を感じさせられた。

海辺の瀟洒なリゾートホテルで開かれた会議のテーマは「先進諸国における中年の人権の確立と向上」であり、平たく言えば女性、子供、少数民族などと並んで中年と云う存在を国際社会、端的には国連において認知させようとするものだ。本来であれば全世界の中年が対象となるべきなのだが、さすがに東京の中間管理職とエスキモーの家長との間には中年としての共通項が少なすぎるので、取りあえずは文明国の中産階級以上から始めようと云う試みであった。従って当然予想されたことながら、このような会議を開催すること自体が中年の「南北問題」をより先鋭化すると云う批判が非ＯＥＣＤ加盟国の中年からなされたのだが、俺としてはまず現実的なアプローチであると思える。このような論争は新しい運動を始める際にはつきものであるし、そもそもこうした会議を開かない限りは中年と云う存在が国際社会において認知されないわけで、それなくしては「南北問題」も成り立ちえないからだ。

議事進行役がアメリカン・エキスプレス（ゴールドカード）であったことは、このような会議の性格を如実に物語っていた。空と海に充溢する真夏の日差しを眩しく照り返しながら、右に左にと薄っぺらい体をひらひらさせて開会の辞を述べる彼の姿は、俺を含めて参加者全員に連帯意識を持たせるのに役立ったと思う。彼は俺たちの中年性を語る上で避けることの出来ない消費と死の問題をユーモアたっぷりに「二年に一度この身に鋏を入れられる自分が誰よりも切実に考えている」などと述べて、我々を笑わせつつ本質的な方向に導こうとするのだった。もっともオナラリー・チェアマンがビル・ゲイツ氏（本人は不参加）であり、特別ゲストとしてO・J・シンプソンが衛星中継でメッセージを送ってきた点については、参加者のなかからも米国偏重の行き過ぎを指摘する声が上がったことを併せて報告しておかねばなるまい。

いくつかの基調演説のあと、俺たちは少人数の部会に分かれて話し合った。テーマとしては、「芝刈り――孤独と達成による救済」、「ショッピングモールのなかの彷徨――中年はどこへ行くか」、「携帯電話からボイス・メイルへ――通過する我々が残すべきメッセージ」などと云った、いずれも具体的で日常的なところからスタートして中年の普遍性へ到ろうとするものであった。俺自身は「通勤――メビウスの輪」と云う部会に参加して、通勤と云う行為に内在する矛盾、即ち明けても暮れても移動すると云うまさにそのことが人生の閉塞感を助長する問題を話し合ったのだが、たまたま日本からの出席者がその部会では俺一人だったせいもあって、「ニッポンの有名な通勤地獄の寿司詰め状態はむしろ中年の苦しみを分かち合い拡散し癒す力があるのではないか」と云う質問をされてはっとさせられるなど示唆にみちた貴重な体験をさせて貰った。

また部会とは別に、個人的な体験を報告し合う会も並行して催されて、俺にとっては部会以上に興味深かった。たとえばアメリカの一中年が行った「ハードコアポルノを見ても自分はもう興奮しないが、日曜日の早朝、分厚い新聞からこぼれ落ちる折り込み広告のなかの下着姿の女たち、家族が起きてくる前の静かな明るい台所でデカフェ片手に茫然と眺める彼女たちにはついつい勃起してしまうことがあって、それを自覚した時に自分は中年だと認識した」と云う報告は参加者全員に強い感動を与え、俺自身国籍や職業などさまざまな属性を越えて中年という普遍的な主体が存在することを改めて確認する最大の拠り所となったのだった。

一週間におよぶ討議の末の、最終的な声明をまとめる段では難航した。と言っても対立する意見をまとめるのが困難だった訳ではない。我々中年の問題は、本質的に抽象的で精神的なものであるため、女性や難民の人権問題と同じようなレベルで言語化することが不可能なのである。現状の問題を正確に伝えようとすればするほど、それが非中年にとってはただの中年のおっさんの愚痴と聞こえてしまうことは容易に想像でき、そもそもが慢性的に鬱な俺たちを一層憂鬱にさせたのであった。これが老年であれば、俺たちとも通じる精神的な問題に加えて経済保証の問題があるため、国連的言語で論ずることが比較的容易なのだが、中年の場合はむしろ経済力の過剰性こそが精神的な問題を深刻化させている。一時は悲観論が支配し、いっそ老年になるまで問題を棚上げすることで問題を解消してはどうかなどと云った発言さえ出たのだが、幸い冒頭で触れたドイツの日光浴ビキニ男が機転を利かせてくれて、なんとか世界中年憲章をまとめ上げることが出来た。

俺たち中年こそが世界の生産性を支えていること。にも係わらず、或いはそれが故に中年は中年自身の問題を他のグループと並列して提示することが出来ず、その点で中年の人権は差別されていること。中年の荒廃は世界の繁栄に短期的で甚大な影響を及ぼし、他のグループの人権向上も中年の安定なしには実現が不可能であること。従って、国連および各国政府は中年の人権を認知し、その向上に少なくとも他のグループへと同等の努力を払わねばならないこと。本年を世界中年元年と定め、四年ごとに世界会議を開催すること。今後は非ＯＥＣＤ加盟国のメンバーも参加者に含めるべく調整を行うこと、等がその骨子である。原文を引用することは紙面の都合上出来ないが、自らの本来性に目覚めたもののみが持ちうる尊厳と勇気に満ちた格調高い憲章であると自負するものである。

水平線の彼方から燃え上がる壮大な夕焼けのなかで始まった閉会式を、俺は決して忘れはしないだろう。音もなく暮れてゆく空の下で、バーベキューの炎が輝きを増し、それは俺たちの横顔を太古のかがり火のように照らし出した。自宅の裏庭で行われる現実のバーベキューを支配する空疎な会話、最新の電子手帳の使い心地であるとか、どこの航空会社のマイレッジバンクが一番有利であるとか、炭の代わりに新聞紙を使うだけで奇跡のように焼ける噂のグリルは購入に値するかだと云った会話はそこにはなかった。俺たちは子供向け科学雑誌のイラストに描かれた類人猿たちのように押し黙って闇と対峙した。そしてその沈黙のなかから、俺たちを中年として括っている最大公約数、すなわち中年の絆がゆっくりと現れてくるのを俺たちは知った。絆の正体は不安だった。地域の治安の悪化だとか、資産価値の下落だとか、レイオフだとか、妻たちの性開放、子女教育問題、迫り来る肉体の衰えとそれには関わりなく不意に明日訪れるかも知れぬ死。そう云った個別の不安を超越した大きな不安、人類の歴史そのものがその上に成り立っているかのような原不安を誰よりも強く感じ、怯え、その重圧に呻きながら生きているのが他ならぬ俺たち中年であったのだ。
黙々と、がつがつと、互いに互いから身を護る風情で肉をむさぼり喰ったあと、俺たちは進行役を務めてくれたアメックスを火の前に導き出し、身の丈ほどもある巨大な鋏を入れた。アメックスは慈愛に満ちた眼差しを俺たちに向け、奇妙なイントネーションで「わたしが誰だか知っていますか」と三度繰り返して尋ねた。その度に俺たちは黙って頷いた。横腹を切り裂かれたアメックスが炎のなかでめらめらと溶けてゆくのを見届けると、俺たちはそれぞれ両隣の参加者と静かな挨拶を交わした。それから火が消され、深い闇が訪れた。

このようにして閉幕した記念すべき第一回世界中年会議は参加者全員にとって、自らの中年性と正面から向かい合い、中年としての自己を再認識させる有意義なものとなった。世界は中年と非中年とで成り立っている。男は一歩家を出ると七人の敵がいるなどと言うが、中年は自分の家のなかですら非中年に囲まれて生きているのだ。その意味で、こう云った公式の行事と並行して、地道で草の根的な運動が重要であろう。俺としても、日本代表としての名誉に恥じぬよう、これからも中年の人権の向上を目指して一層の努力を続けてゆくつもりである。

行ってきまあす！

朝幼稚園へ行った息子が
夜三十五歳になって帰って来た
やあ遅かったなと声をかけると
懐かしそうに壁の鳩時計を見上げながら
大人の声で息子はうんと答えた

今まで何していたのと妻が訊けば
息子は見覚えのある笑顔ではにかんで
結婚して三年子供はなくて仕事は宇宙建築技師
俺もこんな風に自分の人生を要約して語ったっけ
おや、こいつ若しらがだ

自分と同い年の息子から酒をつがれるのは照れるもので
俺は思わず「お、どうも」とか云ってしまう
妻がしげしげと息子と俺の顔を見比べている
だがそれから息子が三十年後の地上の様子を話し始める
と

俺たち夫婦は驚愕する
よくもまあそんな酷い世界で生き延びてきたものだ
環境破壊、人口爆発、核、民族主義にテロリズム
火種は今でもそこいらじゅうに満ち溢れていて
ええっとその今が取り返しのつかぬ過去となった未来が
　息子たちの今であって
ややっこしいが最悪のシナリオが現実となったことは確
　かだ

あのう、駄目なのかな、これからパパやママが努力して
　も？
さあて、どうだろう、時間の不可逆性ってものがあるか
　らねえ
妻は狂言の場面みたいに息子の袖を摑んで
ここに残って暮らすよう涙ながらに説得するが
それはやっぱり摂理に反するだろう
未来はひとえに俺たちの不徳のなすところなのに

息子は妙に寛大だ
既にその世界から俺が消え去っているからだろうか
聞いてみたい気がしないでもないけど
まあどっちでもいいや

「僕らは大丈夫だよ、運が良かったら月面移住の抽選に
　当たるかも知れないし」
息子はどっこらしょと腰に手をあてて立ち上がり
俺と握手をし妻の頬に外国人のような仕草で口づけをし
それから真夜中の闇を背に玄関で振りかえると
行って来まあすと五歳の声をあげた

家

夜中にドドーンと物凄い音がして飛び起きたんだよ。で、二階の窓から恐々覗いたらもう居なくなってた。地面は抉られてずたずただし、水道管から水は吹き出すわ、ガスは漏れるわ、電柱は横倒しになるわでもう戦場みたいでさ。おまけに満月の夜だったもんだから、ちょっと壮絶な眺めだった。

いや、すぐに女房と子供連れて外へ出ましたよ。着の身着のままで震えながら。なんたっていつ爆発するか分かんなかったから。泣きわめく子供ふたり両腕に抱えながらとにかく走ったんだ、あそこの曲がり角の辺りまで。近所の家も明かりが点き始めていて、何人かは表へ出て来てたけれど、意外と騒然とするって云う感じじゃなかったな。むしろしーんとしててね、底冷えした空気のなかで、みんなこう茫然として眺めてんの。あたしらだけ、危ないぞおとか叫びながらとにかく走った。

角を曲がったところに酒屋があんだよ。あ、いま前通って来た？　で、その前に電話ボックスあったでしょ。あそこから１１０番したんだ。その頃にはこっちも少しは落ち着いて来たからね、まず早いとこガス止めて貰わなくっちゃと思ってさ。自分の家まで吹っ飛んだらたまんないもの。あの、人間ってのは変な時に変なことを思い

出すものだね。電話かけながら、前に一回だけ110番したことがあったのをさ、それまで忘れてたのにひょいと思い出しちゃった。小学生のころだったけどね。親が大喧嘩して、親父がおふくろを殴って、おふくろが包丁持ち出したもんで怖くなってあたしは110番したんだ。うん。まあ関係ないけど。

ひとしきり報告を終わったところで、見たんだ。一緒に電話ボックスのなかに入ってた息子がパパ、パパってあたしのパジャマのズボン引っ張るもんだから、あれ、もしかすると娘だったかな、とにかくこう身体をひねった拍子に眼のなかに飛び込んで来た。そりゃああんた吃驚するなんてもんじゃないよ。大通りに向かって、見慣れたお隣さんの家がしずしずと遠ざかって行くんだから。正直云うとね、背筋がぞおーとするくらい怖かった。変な話だけど、キョウカタビラなんて言葉を思い出しちゃった。一階は半分がたへしゃげてて、家が前へ進むたびに着物の裾みたいに引きずられてさ、電線だか電話線だかケーブルだかが抜けかかった髪の毛みたいにゆらゆら揺れてんの。それが地面に当たると火花散らしてた。

けどまあ一番怖かったのは窓だった。電線はちぎれても う電気通ってない筈なのにまだ二階の窓に明かりがぼうっと点いているんだ。そいつが心細そうにちかちか瞬きしてるのがいまも眼に浮かぶんだよ。あのなかにまだ人が居るんだって、その時初めて思った。

息子が急に電話ボックスから飛び出して行ったんで、慌てて後を追いかけたんだ。その時は怖いもの見たさで行ったのかと思ったけれど、いまにして思えば息子も同じこと考えてたのかも知れない。あそこの下の男の子とうちのは仲が良かったから。うちのは小っちゃいけど駆けっこはクラスで一、二番だからね、追いついた時にはもう家の軋む音が聞こえるくらいまで近寄ってた。いや、だから前にも云ったように、しずしずって感じで動いてたもんだから結構近くまでいかなきゃ聞こえないくらいの音だったんだよ。距離にして、そうだねえ、五十メートルくらいかなあ。

旦那は真面目を絵に描いたような人であんまり付き合いはなかったんだけど、奥さんはきさくな人でね、うちの女房とはよく立ち話とかしてたみたい。それで上の娘さんが、高一だったか高二だったか、いわゆる無口な美少女タイプで、あたしなんかでも家の前でたまに顔を合わすと気持ちが高まったもんだ。別に変な意味じゃなくて、世の中にはこんなに綺麗なものが普通に存在してるんだって思って、晴れやかな気持ちになるって云うかさ。分かる、そう云うの？　それで下の男の子が学校は別だけどうちのと同い年だったから、ふたりでよく行ったり来たりしてた。だから本当に他人事だとは思えないんだよ。

なんとか息子に追いついて後ろから羽交い締めするみたいにして止めた時に、窓の向こうの人影に気付いたんだ。最初に娘さん、それから奥さんと息子もやって来て窓ガラスに顔を押しつけるようにしてこっちを見たんだ。そりゃあもう縋りつくような眼だよ。泣き喚きながら三人で窓を開けようとしても駄目なんだ。いや、いったん家が動き出したら止まるまではどんなことをしても外には出られないって噂には聞いていたけどね。それを目の当たりにするのは辛かった。かと云って相手は動いてる家だからね、もどかしくっても見てるしかないんだ。内側から拳でバンバン窓ガラス叩いても駄目、そのうち奥さんが椅子を振り上げて叩きつけたりもしたけれど、まあ駄目なものは駄目さ。うん、旦那の姿は見えなかった。ありゃもしかすると動き出したとき二階にいて、やられちゃったのかも知れないねえ。どっちがいいのか分からないけどね、こうなってしまうと。生き延びるのがいいのか、いっそ死んじゃった方が楽なのか。

生きて戻ったケースってのはあんまりないんでしょ。あそう、二パーセントくらいはあるの。でも、大抵は止まるまでにどれくらいの時間が経つのか分からない訳だし、やっと止まってくれたとしてもそこが真冬のヒマラヤの山腹だったり、アフリカの飢餓だとか内戦の真っ直中だったりしたんじゃねえ。なかには月面まで行ってたこともあるみたいじゃない。

世間じゃ消えた家族を悪く云う人もいるみたいだけど、あたしにはそう云う神経理解できない。お隣さんだって何も悪いことした訳じゃないんだもの。明日は我が身なんだよ。けどこれだけは防ごうにも手の施しようがありゃしない。宗教なんて屁のつっぱりにもなりゃしないんだ。こんなこと云ってると、自分の家が徘徊したときそれ見たことかと云われそうだけど。そう云う人が祟りだとか報いだとか云ってるんだよ。

急に眠りから醒めたみたいに家の動きが速くなって、やがてふっと地面から離れたかと思うと次の瞬間にはもう夢まぼろしのように消え失せてた。息子があたしの腕のなかで、人間じゃない野性の動物みたいな声出して震えていて、あたしはなんだか涙が溢れて来た。近づいて来るサイレンのなかで、いつの間にか小雪がちらついていた。生きるってことは、昔っからこんな風だったんだろうかって。それにしてもあの人たち、どこまで行ったんだろうかねえ。

合掌。

人生の劇場

眼の前で老人が打ちひしがれてる
妻に先立たれてはや十七年
父母らも死んでかれこれ二年
今度は再婚相手が発狂した

孤独と死の前で老人は怯えていて
なんだかシェークスピアを観ているようだ
他人事のように書いているけれど実際に他人事で
老人は僕ではなく僕の父だ

家族で一緒に海へ行ったことやなにやかや
僕も昔のことを思い出す
あれは一体全体何だったのだろう

木の葉が意味もなく風にさやぐようなものだったのか

翌朝父の再婚相手から手紙を貰った
手紙には盗聴のことや顔を狙う電気メスのことが書いて
あった
父は老人会の花見の世話に出かけた
テレビでは人が殺される瞬間を繰り返し映していた

眼の前で老人がおいおいと泣いている
いつか僕もこんな風になるんだろうか
そう思うと嫌気よりも興味が先立つ
冬枯れの荒野で

転びまろびつ
父の劇はいよいよクライマックスに達したが
舞台の袖の薄暗がりで
僕はまだ自分の役を摑みかねている

記録映画

夫婦喧嘩のあとでむっつりと黙っていると
背後でかすかな声が聞こえる
振り返っても壁しかないが
一昨年死んだジイさんのだみ声に間違いない

「わしはアキコさんに理があると思う」
「あの人にとって他者とは何だったんだろうねえ」
そう続けるのはなんと俺の息子だ
「ひょっとしてみんな自分の分身だったのかも」

聞き覚えのある誰かれの声が
生者死者の区別なく入り交じって
どうやら俺の一挙一動を鑑賞しながら
批評を加えているらしい

「鯨の親子が別れるクダリでいつも泣いてたわ」と死ん
だ母親が言うと

「カニエキスを食べられてたらねえ」とその後妻
「お前はまた関係のないことを喋る」親父が怒る
「一人息子、O型、寄宿舎生活、もはや戦後ではない、……」
　あいつまた分析してる

なるほどなあ、ひとりきりでいたつもりの時にも
こうしてみんなに見られていたんだ
恥ずかしさやうっとうしさは感じずに
むしろ懐かしさがこみあげる

あのう、本人の口から一言言わせて貰うとですねえ
俺の不貞腐れた顔がスクリーン一杯に映し出された小部
　屋に
そうっと入って照れながら切りだすと
暗がりから厳しい視線が振り向いて俺の参加を拒絶した

峠越え

なだらかな斜面に横一列に並んで
僕らは峠越えに出かけた
ＴＶ画面の奥底から湧き上がる拍手を聞き流し
やわらかな四月の陽差しを浴びて

それはもう何十年も昔のこと
まだ誰も女を知らなかった
夕立のあとで濡れて輝く果物や
朝もやのなかで鋭く匂う樹木となら体験してたが

時々崖っぷちから奈落の底を覗き込んだり
足滑らして妙に昂ったりしながら
僕らはなおも歩いている
驚くべきことに未だひとりの脱落者も出さないで

だが風のなかに微かな秋の気配はする
横一列はだらしなく崩れ
手をつなごうにもそれぞれに手一杯
頂きはもう通り過ぎたのかそうとは気づかないまま

死んだ父母らが真っ白な積乱雲となって湧き上がり
無愛想にこっちを覗き込んでいる
その向こうのさらに巨大な影へ向かって
僕らは峠越えを続行した

生きる理由

夜ベッドに横たわって吸い込む空気にかすかな甘い匂いがする
音楽が始まる前の劇場で人の声がさざ波のように泡立っている
友達が腹を抱えて左側へ崩れ落ち自分は右に倒れて笑っている
鍋の中でごった返す色とりどりの野菜と肉から滲み出す味わい
疾走する電車の大きな窓から流れ込む朝焼けと子供たちの輪郭
市場で山積みになった果実と咲き乱れる花々が語る日々の物語
生きて味わうことのできるヨロコビなら幾らでも並べられるが
果たしてそれらを生きるための理由と呼んでよいものかどうか
理由と云うからにはもっと意味深く倫理的でなくてはならない
それが成就されなかったらヨロコビも空しくなってしまうもの
それさえ成就されれば全てが一挙に裏返ってアガリになるもの
そんな理由もなしに折々の歌に酔い痴れていて罪ではないのか
生きるために理由はいらないと言い放つ若さから溢れ出す傲慢
抹香臭い教会の暗い片隅で今もなお聖人達は拷問に耐えている
ヴェネチアもう死んでしまった友人菫色の夕暮れ水の揺れる音

夜ベッドに横たわって吸い込む空気にかすかな甘い匂いがする

クリスマス・ツリー誘拐殺害事件

被害者の樅の木通称クリスマス・ツリーは
十二月某日地元流通業者によって山中にて拉致され
都内の大手小売商の倉庫へと連行された後
建設業従事者を家長とする四人家族の一群に身柄を引き渡され
同月二十四日団地の六畳間テレビ脇に拘束された
被害者は家長により身体の一部を
鋸等の鋭利な刃物によって切断された上で
底から五寸程の釘が突出している金属製の台座に磔にされた
家族らは被害者の身体に電飾や脱脂綿を巻き付けてから
酒あるいはオレンジジュース等を飲み歌を歌った
その間被害者は悲鳴を発することもなく黙していた

午後九時頃子供ふたりが隣室にて就寝し午後十一時過ぎには
家長と妻が被害者のすぐ足元で性交した後に就寝した
被害者は暗がりのなかでただひとり目覚めていた
そのような状態で数時間が経過した
未明近くになって被害者の後見人にあたる
針葉樹林通称森が室内に入ってきた
侵入経路およびその目的は不明である
被害者を救出した訳ではなくまた室内を物色した形跡もない
森はだが家族らの鼻孔からさらに夢の内部へと潜入して
生と死はあざなえる縄の如きであって
死を介してのみ人は生に出会う事ができるのだと囁いた
目覚めた時家族らの誰もそのメッセージを覚えてはいなかったが
六歳になる男児がその朝寝小便を洩らしたのは実に二年振りであった
森の匂いは速やかにおみおつけやご飯のそれに掻き消された

被害者は切断された傷口から体液を垂れ流したまま意識
を失い
やがて息絶えてその死体は燃えるゴミとして路上に遺棄
されたが
翌週には埋立地の焼却炉からゆるやかな螺旋を描いて冬
空へと昇天した

作者は語る、あとがきに代えて

「電話」ほかのアメリカシリーズについて

アメリカの風俗を題材としたこれらの作品を書いたのは一九九〇年前後。その数年前からぼくはフィラデルフィアで暮らしていた。レーガン大統領のアメリカは双子の赤字を抱え、市の財政は破綻して、ウィリアム・ペンの銅像が立つ市庁舎はいつも小便臭かったし、職員がストライキをするたびに街中にゴミが溢れた。ウォール街ではジャンク債で億万長者になる者と不法内部取引で刑務所へ行く者とが慌しくすれ違い、日本はナンバーワンだともて囃されていた。

日常生活にまだインターネットはなかったけれど、人々は「電話」で森羅万象をチャットしあい、テレビではTV伝道師と呼ばれる胡散臭い輩が毎週日曜日の決まった時間に奇跡を起こしては巨額の寄付金を巻き上げていた（「**電子の波に乗る神々**」）。仕事でマンハッタンに行くとビジネス街でもしばしば麻薬の売人に呼び止められたし、地下鉄のなかで小銭をたかりにきた黒人青年を撃ち殺した白人の中年男性が英雄扱いされたこともあった（「**ニューヨーク　サブウェイライド**」）。

ぼくらはもう結婚していたけれど子供はなかったし、ふたりとも途中から学生になって気楽な生活だった。しょっちゅう近くのピザ屋へ出かけては迫力満点のピザをビールで流しこみ、ひとりのときは文字通りテレビの前に陣取って、プラスチックの容器に前菜からデザートまで全部揃った冷凍食品を食べたりもした（「**混沌のピザ**」「**TVディナーの憂鬱**」）。「**南から**」に出てくるクイズショーは毎夕六時半から始まる"Wheel Of Fortune"のこと。参加した視聴者が母音や子音を買いながら競い合うクロスワードパズルのようなゲームで、たしかヴァナ・ホワイトと言ったっけ、真っ白な歯を見せて微笑むだけのアシスタントが人気者になっていた。

中国系アメリカ人のマイケル・チャンが鮮烈なデビューを果たして、全仏オープンで優勝したのもその頃だ。ぼくはそれを夏の休暇ではじめて訪れたヨーロッパで観ていた。まさかその数年後に自分がその地へ移り住み、ふたりの子供を育てることになろうとは夢にも思わなかった。今にして思えばちょうど中原中也がなくなったのと同じ年だったけれど、**「若さと健康」**はぼく自身のものでもあったのだ。

「星の家族」ほか子育てシリーズについて

上の男の子が生まれたのはフィラデルフィアからシカゴに引越しした直後のこと。九月に生まれたと思ったらすぐに冬がやってきて、広大なショッピングモールの内部を歩きまわる以外には散歩もできない寒さと強風、シカゴが *Windy City* と呼ばれているのは伊達じゃなかった。赤ん坊と三人屋内に閉じ込められた日々が続き、ゴルフ場に面していた家の窓から見えるのは一面の雪景色、なんだか自分たちが月面にでもいるような気がした。このシリーズに宇宙、夜空、火星、エイリアン、スペースシャトルといった言葉が登場するのはそのせいだろうか。

生まれてみると子育ては**「星の家族」**のように抽象的ではなくて、あたりまえだけど外出時のミルクの準備だとかおしめの交換、息をつめて行う爪切りに耳掃除、突如あらわれて大慌てする突発性発疹などの積み重ねで、そういった無数の細部に促されるようにして日々は過ぎた。異国の暮らしで、**「ジャパン・プロジェクト」**のように世話を焼いてくれる親類縁者がまわりにいなかったことは、ぼく自身の精神的自立のためにはよかったと思うが、生活の緊張と重みを増し日々の歩みを遅くしたことも事実だと思う。家族の在り方としては究極の核家族で、ぼくは自分たちを「宇宙家族ロビンソン」になぞらえたりした。そういう感覚は、数年後に書いた「**家**」や**「スライド・ショウ」**にも通じていると思う。

二年後には下のおんなの子が生まれた。その翌年にはもう家族揃ってドイツへ移り住んだから、こどもたちは国籍は持っているものの日本で暮らした経験がない。彼らはいま、十一歳と八歳。地元の学校へ通う堂々たるミュンヘン子で、親とは日本語で話すけれど、ふたりになると会話はドイツ語、英語は学校で外国語として学ぶだけでもうすっかり忘れている。それでもつい先日地元の新聞記者が「この町で暮らす外国人」というシリーズの取材で我が家を訪れ、「あなたたちの故郷はどこ?」と聞いたとき、ふたりは口を揃えて「アメリカ」と答えていた。彼らが成長して大人になったとき、もう一度その質問を繰返して、なんと答えるか聞いてみたい気がする。それがドイツでもアメリカでも日本でもない、目には見えないけれどそれでいてリアルな、ある魂の領域のような場所であることを期待しながら。

「夏の美術館」ほか中年シリーズについて

「**夏の美術館**」自体は別に中年でもないけれど、ヨーロッパに移って最初に書いた作品ということでこちらに含めた。ここではまだ室内の人工的な文化に対抗して、ぼくは戸外のより原初的なイメージを持ち出しているけれど、以降ぼくの関心は外界の風俗よりも精神の内面へと移ってゆく。それがヨーロッパ文化の影響によるものか、それとも中年のプロセスなのか、おそらくは両方だろう。

書いたのはもう五年ほど前だけれど、現在につながる部分が大きいので、これらの作品については語りにくい。いま読み返して見ると「**ぽろぽろ**」は二〇〇一年の九月十一日以降の世界を描いているようでもあるし、「**朝の連続作り話**」はいまだに続いていて、今朝も潮の匂いをさせ歩くとちゃぷちゃぷと水の音のする謎の少年が、沖合いから小山のような波を呼びよせ、海辺に建つ水族館を沈めてしまうくだりを話したところ。「**峠越え**」は中学生時代からの仲間を含めた友人たちに捧げた作品だけど、幸いにもまだ〈脱落者〉は出ていない。

もちろんその一方では変化もあり、九州で暮らす父の二度目の連れ合いは不幸にして亡くなってしまった。いまやひとり暮しとなった父の「**人生の劇場**」は厳しさをまし、ひるがえってぼくを脅かす。

ごく最近書いたいくつかの作品を最後につけくわえたが、たとえば一回目と二回目の「**世界中年会議**」の間にどんな変化が横たわっているのか、自分では判別しがたい。

いったんは発表するつもりで取りまとめた原稿を、実はここ数年間たなざらしにしていた。それを今回あらためて一冊の本にする気持ちになったのは、親友栩木伸明と思潮社の髙木真史さんの励ましによるところが大きい。とくに栩木が専門のアイルランド現代詩の研究のなかで指摘した「詩人が見えやすい国」という言葉は、実際に訪れたアイルランド以上にぼくを刺激した。日本から、日本語から、日本の詩人たちから遠く離れた場所で、ぼくは詩と個人と共同体のあり方について考えはじめた。そしてそのことは詩を書き、読み、そして他者と分かち合うことに対する、ぼく自身の態度というか姿勢に大きな変化をもたらした。

ぼくはこれから詩ともっと親密に係わってゆくつもりだ。

二〇〇二年二月二十六日　ミュンヘンにて　　四元康祐

（『世界中年会議』二〇〇二年思潮社刊）

詩集〈噤みの午後〉から

女優と詩論とエイリアン

シガニー・ウィーバーが駆けこんできて
息を切らせながらいった
「なにをぐずぐずしているの。
エイリアンはもうそこまで迫っているのよ」
一刻も早く小型救命艇に乗り移って脱出しなければ
母船はいまにも自爆するのだという

寝そべって読んでいた本の頁を
うんざり顔で閉じながらぼくは思う
母船とそのなかを我が物顔でうろつきまわる
エイリアンという組み合わせが
束の間生きてやがて死すべき現世の比喩だとすれば
救命艇は言葉で編んだ解脱の草舟?

だが帰るべきどんな星があるというのだろう
ほとんど地団太を踏んでいるシガニーにせかされて
おっとり刀でぼくは救命艇に乗り移る
たしかに母船にはけたたましいベルが響き
人々は浮き足立っているけれど
それは太古からそうではなかったのか

激しいGの衝撃をかいくぐって
脱出は成功した
シガニーの唇から柔らかな吐息がこぼれる
でもこれでおしまいじゃないんだ、もう1シーン残って
　いるはず
案の定フロントガラス越しにエイリアンが覗きこみ
シガニーは悲鳴をあげる

ぼくは座席から身を乗りだす
こいつの正体を見極めなきゃならない
酸を吐き散らして草木を枯らし子猫を骸骨にして
自らは原爆に吹き飛ばされても生き延びるこいつこそが

詩と呼ばれるもので、命からがら逃げてる方こそ
散文的現実なんじゃないか

シガニーは最後の力を振り絞って
めくるめく宇宙へワープし
ぼくらは天涯孤独虚空に漂う
のろのろとした仕草で宇宙服を脱いで
一人用の冬眠カプセルに下着姿でもぐり込んで
顔だけをこちらに向けて彼女はいった

「わたしが眠りに落ちたとき
あなたの詩ははじまるのよ」

Beatrice, who?

第六の地獄から第七の地獄にいたる断崖を
そろりそろりと
ダンテが這い降りてゆく

とうに死んでいるヴェルギリウス先生は気楽なものだが
生身のダンテは細心の注意を払わねばならない
自らが生み出した夢の中とて
落ちれば死ぬのだ

ダンテが必死で握り締めているもの
なんとそれは
言葉で編んだロープであった
三行ごとに束ねられた透明な縄梯子
喉の奥から吐き出された逆さまの「蜘蛛の糸」
足元から立ち昇る糞尿の匂いは
筆舌に尽しがたいのに

そんなにまでして会いたいのかい
愛しのベアトリーチェに
地面に腹ばいになって裂目から呼びかけると
こっちを見上げてダンテは答える
ベアトリーチェって誰だい？
俺はただ拾いにゆくだけだよ

完璧な比喩を

浮かばれないのはベアトリーチェの魂である
ヴェルギリウス先生も
浮遊したまま心を悩ませていらっしゃるが
ダンテは構わずずんずんと降りて行く
毒食らわば皿まで、と云ったかどうかは定かでないが
この年ダンテ前厄
「神曲」約三千六百行目に差し掛かった秋であった

BLISS

バーバラから自転車を借りて
隣町まで遊びに行った
この村からの距離は約六キロ
行きはなだらかな上り坂が続くけれど
その分帰りは気持ちがいいわよ
教えて貰った森の小道を見つけられなくて
急勾配のアスファルトの自動車道を
息切らして上った
教会の塔が見えてきてようやく野の畦道に入った
風に揺れる草のあいだを蛇が波のように這っていった

昼下がりの町はしんとしていた
バス停の横の石段に少女がふたり座りこんで話していた
何軒目かのカフェがやっと開いていて
その裏庭でぼくはただひとりビールを飲んだ
町を出るときも少女たちは同じ姿勢のままで座っていた

泊まっている村に戻って自転車を返しながら
バーバラにどうだったと訊かれて、ぼくは
Oh, it was bliss, it was just bliss!
と答えた。手もとの辞書によればbliss（名詞）は
無上の（天上の）喜び、至福、天国、天国にいること
青い空と太陽、雲と風、膚にあたる尖った草の穂

現世的といえばこれほど現世的な歓びもないのに
それが思いがけずあの世へと届く言葉の妙
あの果てしない下り坂を
僕を乗せた自転車が一気に駆け下りたとき

叢のなかにまだ最初の家出をする前の
少年ランボーが蹲っていた
僕は自転車に跨ったまま目をつむって
瞼の裏に木洩れ日をちらちらと瞬かせていたので
はっきりとそれが見えたのだ

It was bliss, just bliss.
日本語でならなんと言えばいいのか
極楽について語るのは野暮
黙って微笑んでだけいるのが粋なのか
気の利いた俳句でも捻って

夕空が一瞬夜明けのように白み
それからゆっくりと透き通っていった

空っぽの胃袋を抱えた垢と虱だらけのランボーが
真っ暗な野原を横切ってゆく
ベッドに横たわって目を閉じると、そこに
光が溢れた

パリの中原

ルーブル美術館の、薄暗い階段の踊り場で、おかま帽に
黒マントを纏った、子供ほどの背丈の男に呼びとめられ
た。
「僕、中原中也って云うんだ。おじさん、君の名は?
ちょっと歩かないか。お互いの人生観を語り合おうじゃ
ないか」

半世紀以上も前に死んだ男が
人生観を語るというのも妙なもんだが
とにかく私たちは連れ立ってガラス張りのピラミッドを
出た

三十年しか生きなかった中原にとって
四十半ばの自分がおじさんと見えるのは自然なのだろう
夕闇迫るセーヌの河畔を、サンジェルマンの方へ向かった
ミレニアムを飾った大観覧車は
二十一世紀になって取り外されていた
小柄な私の、それでも肩の辺りにしか届かない中原は
時々小走りになりながら
けれど堂々と胸を張ってついてくる

「君はダダイストを名乗っていたが
それは全てを否定し破壊するというよりも
意識の層を掘り起こし、叙情を深める効果を担っていたから
むしろシュールレアリスムと呼ぶべきではなかったかな」
大通りに面したカフェに座って
文学談義に水を向けると
中原は上目遣いに私を見つめて、薄ら笑いを浮かべるばかり
客たちの出入りするたびに
キョロキョロと落ち着きがないのは
別れた女の面影でも捜し求めているのだろうか
それからまた歩いてソルボンヌの近くの本屋へ入った

中原はその短い生涯を通して、仏語を勉強し続けた人であった
フランス近代詩の翻訳も多く
外務書記生となって渡仏を夢見たこともあったが、それは叶わなかった

生前の入手は難しかったのだろう、中原は詩書の類を買い漁った
さっきの飲み代も、その本の金も私が払った。私は気にしなかったし、中原もそれが当然だと思っているようだった。
生きている者が死者にしてやれることなどたかがしれてる

エリオットとヒーニーの詩集の仏語訳を私は中原にプレゼントした
「『英米の詩に読むべきものなし』なんて君はどこかで書いていたようだけど、案外捨てたもんじゃないかも知れないぜ」

腹が減ったという中原を
シテ島の路地奥にある小奇麗なビストロへ連れて行った
中原は上機嫌でフォアグラやエスカルゴに舌鼓を打ち
ボルドー片手にランボーを暗誦したりもした

私は去年訪れたコロラドの山脈の上に横たわる砂漠や
ユカタン半島で出会ったインディオの母子
トスカーナの猪料理やスペインの巡礼について語った
中原が死んだ年齢を過ぎてから私が生きて知ったことがらを
分かち合おうと思った

刺繍のあるテーブルクロスに片肘ついて
コニャックに切り替えた中原が
低いしゃがれた声で歌っている
「ボーヨー、ボーヨー」は茫洋の意味か
そこへ私のVISAカードが銀の皿に載って戻ってくる

ポンピドーは夜十時まで開いているので
ピカソを中心に二十世紀後半の歩みでも辿ろうと
メトロに乗ったが中原は急速に薄れていって
窓に映る乗客たちの影と区別がつかなくなってしまった

ピガールの駅についた時、耳元で
「ちょっと僕、遊んできます。それじゃあまた」
ヌメッとした声が聞こえた
「ダダさん、ちょっと待って」呼びかけたけれど返事はなかった

地下鉄の中には肩からアコーディオンをかけた初老の男が

観光客相手に（汚れつちまつた）悲しい曲を奏でていた

ベックマン氏の「夜」

昼下がりの部屋のなかで一組の男女が押し黙っている。

男は五十過ぎ、エラの張った強情そうな顎が目立つ。睨みつけるような眼、重厚な鼻梁、映画にするならアンソニー・ホプキンスあたりが適役だろう。だがいまその眼の下には隈ができて、皮膚がたるんでいる。

女は男よりも一回りほど若い。猫科の派手な面立ちに、まだどことなく娘らしさを漂わせているのは、子供を産まぬまま女盛りを迎えたせいだろうか。黙っていても気性の激しさが伝わってくるようだ。

ふたりは押し黙ったまま、立て続けに煙草を吹かしている。窓の鎧戸の隙間から午後の陽差しが射しこみ、立ちこめた煙の渦をナイフのように切りつける。外の空気は、演説の残響に震えている。独裁者はたったいま、男を名指しで非難したのだ。その独裁者が、やがてどんなに巨大な悪へと肥大してゆくか、彼らはまだ知るよしもないのだが。男は永遠に独裁者の不気味な翳において想起されるであろう。

ふたりはここから逃げ出さねばならない。亡命だ、直ちに！　だが何処へ？

アメリカは遠い。もう十年ほども前に一度だけニューヨークの画廊で小規模な展覧会が開かれたきりだ。ロンドンでは多少名前が売れているものの世話をしてくれそうな知人はいない。ではやはりパリか、アムステルダムか。だがどちらも獣の爪先から数センチ先に羽ばたいて逃れるほどの慰めに過ぎない。

浴室には灰が漂っている。つい今しがた、彼らは何通かの手紙と日記のなかのもっとも危険な頁を、自ら焚書に処したのだ。鳥の羽根のように舞いあがる灰の頭上で、単調に廻り続けるファンの響き。鎧戸の向こうから角を曲がる市電の鋭い車輪の軋みが聞える。

床の上に落ちる陽射しの線がかすかに移動している。もうすぐ夜がやってくるのだ。

「夜」*Die Nacht*

そう、かつて彼は描いた。暴力と恐怖と服従と死の一夜を。縊られたまま腕を下に引っぱられる男。両手を縛られて股を裂かれる女。奇妙な笑いを浮かべて縋りつく子供。侵入者たちの愚鈍な眼差し。彼はかつて描き、それが誇りですらあったのだ。なんという皮肉だろう、それを描いたことによって独裁者に糺弾されて、まさにその「夜」そのものを自らの運命におびき寄せることになろうとは。

だが彼は最初から知っていたのではなかったろうか。遅かれ早かれ「夜」は訪れるであろうということを。仮面をかぶって舞踏のホールに紛れこんでも、時代がかった衣装を纏って眩しい舞台に立ってみても、「夜」から逃れることはできない。描かれたのは彼ら自身の「夜」にほかならなかったのだ。

女が不意に咳き込む。少女の頃からずっとそう呼ばれ続けている、熱帯鳥の鳴き声のような愛称。国立ドレスデン歌劇場からの招聘の手紙。もう喉を庇う理由はどこにもないのだ。目尻に涙を浮かべたまま、彼女はまた赤い唇を煙草の吸いさしに近づける。いまこの瞬間にも、国中の壁から彼女の夫の作品は取り外されつつある。その代わりに吊るされるのは、夫自身だろう。

そのとき、ノックの音が聞える。

ふたりは顔を見合わせる。女の手が無意識のうちに胸元を押さえている。男は煙草を指先に挟んだまま立ちあがり、ドアの向こうへ誰何する。その後姿は年老いて疲れ果てた王のようだ。

さて、ドアの向こうで、肩に金モールのついた大きすぎる制服を着て立っているのは、ほかならぬわたしである。わたしはこの長期宿泊者が高名な画家であることは知っているがそれ以上のことはなにも知らない。わたしはただフロントから手渡された紙片を、薄暗い照明の下、長いエレベーターに揺られて届けに来ただけだ。

ドアを開くと、強情そうな顎をした男と派手な顔立ちの女が、奇妙な生き物をみる眼差しでわたしを見つめる。男はアンソニー・ホプキンスに似ている。女はミッシェル・ファイファーをもう少し肉厚にした感じか。

わたしが慇懃に差し出す紙片を奪い取るようにして一瞥した男が女を振りかえって言う。アムステルダム、今夜の急行だ。一瞬、わたしは女が熱帯鳥のような声で鋭く叫びだしそうな予感を覚える。だが女は男を見つめたまゆっくりと煙草の煙を吐き出すばかりだ。男はわたしに寝室にまとめてある荷物を階下まで運ぶように命じる。かしこまりました、とわたしは答える。

浴室には鳥の羽根が乱舞している。窓が開け放たれ、鎧戸がバタン、バタンと風に煽られている。わたしは窓を閉め、天井のファンを止めるが、羽根はなお浮遊し続けたまま降りてこない。浴槽には大量の濡れた羽根が折り重なって張りついている。清掃が大変だと思うがそれはわたしの問題ではない。わたしはベルボーイであって客室係ではないのだから。

寝室のなかは分厚いカーテンに閉ざされていて、明るい浴室の後だとほとんど闇のようだ。照明をつけようとしてベッドサイドに近づいたとき、わたしは息をのみ、足を竦める。

コーヒーテーブルを挟んでベッドと向き合うかたちで壁際に置かれた長椅子の上に、人影が横たわっているのを認めたからだ。

暗がりに眼を凝らして覗きこむと、それは若い娘であった。仰向けになり、腕を頭の後ろに組んで、両膝をそろえて折り曲げたいささか窮屈な姿勢で、娘は深い寝息をたてている。短いスカートが捲れあがって白い腿が剥き出しになり、さらに驚いたことには、シャツの襟元が不自然に引下げられて、両の乳房が露わになっているのだった。

娘は添い寝をするように、マンドリンを抱いていた。

革の旅行鞄や丸い帽子ケース、抽斗のついた衣装箱と一緒に、この娘も階下まで運び下ろすのだろうか。

馬鹿げた考えだった。これは物じゃない、人間なのだ。わたしはそうっとマンドリンを娘の腕から取り去り、その代わりに制服に包まれた自分のからだを滑りこませた。娘の腿は引き締まっていて逞しい。乳房は薄い汗の皮膜に覆われていて滑らかだ。娘の顔を間近に覗きこんだら、奇妙に化学的な臭いが鼻をついた。

…………!

浴室に戻ると、すでに陽は沈み、あんなに明るかった室内も暗がりに沈んでいる。浴槽も床も清潔に掃除されていて、髪の毛一本落ちていない。

洗面台の鏡にわたしが映っている。そのわたしは両手に大きな旅行鞄を下げ、脇の下に丸い帽子のケースを抱えている。おや、制服に血の痕……、と見えたのは実はまだ濡れていて生々しい油絵具であった。赤だけではない、黄色も、鮮やかな緑も、深い青も白も黒も、襟元や袖口、両のポケットや脇腹、背中にまでべっとりとあるいは点々とこびりついているではないか。まるで極彩色の熱帯鳥のようだ。

居間では一組の男女が低い声で会話を交わしている。

男は荷物を抱えたままのわたしに小銭を差し出す。「ありがとうございます、ベックマンさん」とわたしは答える。「荷物はこれで全部でしょうか」

男は無造作に頷く。そのまま女を振りかえって話の先を続ける。

「汽船」「ステファン」「電報」「査証」「時間」といった言葉が切れ切れに聞える。女はなにも答えない。ただ冷ややかに煙草を吸いながら男を見つめている。別れ話でもしているのだろうか。

男がまたわたしを振りかえって促すようにその強情そうな顎をしゃくる。わたしは会釈して居間を出て、いったん鞄を下ろし、ドアを閉めようとする。

「われわれは」男はまだ喋っている。その背後の浴室から真昼の海が溢れてくる。ドアの隙間で喋り続ける男女の後ろで、海はきらきらと輝いている。浴室の扉や居間の壁ははるかな水平線へと遠ざかり、速やかに消失する。

ああ、永遠の午後。

不意に波間から巨大な魚が垂直に立ち現れて、男女の背後に太陽ほどの大きさの真っ黒い眼を浮かべる。

なるほど、この魚にからだを縛りつけて、彼らは脱出するつもりなのだな。わたしは納得する。と同時に、マフラーと外套を着て、帽子を被り、胸を押さえながら舗道のうえに崩れ落ちてゆく男の姿がまざまざと脳裏に浮かぶ。

一九五〇年十二月二十七日。六十二丁目とセントラルパーク・ウエストの角。心臓麻痺。

なぜそんなことを知っているのだろう。むろんわたしはなにも言わない。宿泊客のプライバシーを侵すことは禁物である。

わたしは口のなかで、良い「夜」を、と呟いて丁寧にドアを閉める。

薄情

ウォータールー駅のホームの雑踏で
その青年にであった
痩せぎす、青ざめた顔、枯草のような長髪
背の低い友人に付き添われていた
ユーロレールでドーバー海峡の底をくぐって
パリ経由でローマまで行くのだそうだ
わたしはパリでもう一仕事して
それからミュンヘンの自宅へ帰るところ
ロンドン－パリの間だけなら
空港への移動や待ち時間がない分列車の方がはるかに楽
おまけにこのご時世
女じゃなくとも「飛ぶのは怖い」

＊

七歳のとき　まだ赤ん坊の弟が死んだ
九歳のとき　落馬して父が死んだ
十歳のとき　子供たちだけ身を寄せていた祖父が死んだ
（母親はすでに再婚して家を出ていた）
十五歳のとき　その母が死んだ　結核だった
それからもうひとり伯父が死んで
十六歳で学校をやめて医師のハモンド先生に奉公
二十一歳で薬剤師の免許をとるまで
数えきれぬ病人の最期を看取り
一昨年　二十三歳になったとき
親代わりに育ててきた弟のトムが死んだ　これも結核でした
はじめて吐血したのは去年の秋
あ、それは弟じゃなくて、ぼくのことです
ローマではたっぷりと太陽を浴びて　ゆっくりと静養して
そこまで喋ったとき　激しく咳き込んで
伏目がちにこちらの顔を窺いながら

どうぞ、遠慮なさらずに
席を移っていただいていいんですよ
ぼくは気にしませんから
と死ぬ五ヶ月前のジョン・キーツは言った
ハンカチで拭った口の端が
食後のドラキュラ伯爵のように汚れていた

＊

窓の外には郊外の
ワーズワースかギンズボロー
緑滴る牧歌的な景色が秋の陽を浴びていて
車内テレビの画面には
どこか辺境のテロの爆発現場が映っていた
先月　東京でね、あなたのことを
そう話しかけた途端
ユーロレールは地底へと吸い込まれ
窓の外を闇が包んだ

＊

いい詩人っていうのはみんな薄情なんですよ
ぼくも薄情だし　このひとだって薄情
けれど詩を書くということにひそむ
その毒に気づいているひとはあまりいない
東京の　巨大な書店の地下の　小さな飲み屋で
キーツの話題から始まって
おのれの自我に拘らずに《Negative Capability》
どんな対象にも没入して《Chameleon Poet》
対象それ自体をして歌わせたその音色に
おのずと相貌が顕れるようなタイプの詩人像
それからクンデラ、アッシュベリー、漱石にも話は及ん
で
それを語った現代日本の詩人は
自分のことをときに詩人ではないといい　また
詩ってなんだろうと問いかけて
だが答えるよりももっと
書き継ぎ　最近では
歌まで歌って

ナイチンゲールとは似ても似つかぬ
老いたヒトの声で

＊

もうすぐ死ぬと分っているからこそ
いま生きている喜びは増す
いや、増すなんて生易しいもんじゃない
痛いほどの鋭さで……

批評家はぼくの「ナイチンゲール」を
「詩」とか「美」の象徴だと片付けているようだけど
夜の森のなかで鳥たちが歌うの聞きながら
ぼくを襲ったあの強烈な陶酔
意識は醒めたままで

生と死の垣根を軽々と越えて
あの時ぼくは自分がある高みに達していることを感じていた
あ、ぼくの時代にはまだ無意識とかユング派とかなかったですから
あなたがそう呼びたいのなら深みと言っても構わないけど
とにかく問題はね

生身の人間はそんな瞬間には留まれないわけでしょう
いつだって日常という名の
この身も蓋もない散文的な現実へと押し戻される
詩的瞬間のうっとりとした思い出を永遠のブローチに入れて
汗臭いシャツの下にぶら下げたまま
淡々と余生を過ごす

そんなのは真っ平御免さ

＊

そのとき車内サービスの娘がワゴンを押してやってきた
ジョン・キーツは異様に長い指を
ゆらゆらと揺らしながら物色してたが

結局ビーフ・イーターのジンの小瓶を所望した
氷は結構、ストレートで

一気に呷ると青白い頬にかすかな色が射した
からかうように眼を光らせて彼は言った

詩人に関するぼくの理論を言おうか
本当の詩人はね、どんなに酒を飲んでも
酔っ払うことができない
いや、酒に強いっていう話じゃないよ
彼は現実と詩の狭間で宙ぶらりんになっているから
たとえ地上で美酒を浴び　天上でミューズの竪琴を聴こ
　うとも
怯えた子供のように目を見開いたまま
閉じることができないのさ　正に
Negative Capability

そう言うとキーツは鶴のように首を捻って
ワゴンを押して去ってゆく娘の後姿を見遣った
そのまなざしから病人の鬱屈した欲望が
むっと匂った

＊

Fanny...Fanny Brawne...Ah, dear...
Dearest Love!...

窓の向うの海底の
ビロードのような闇のなかに
若いおんなの真っ白な裸が浮かび上がって
大蛇と化したジョン・キーツが
からみついている

薄い唇と桃色の舌先だけが
人間のまま
それが素早く動くにつれて
Fanny Brawne の唇がゆっくりと開き
背中が弓のように反り返って

窓ガラスが結露してゆき
闇の背後に折り重なっているのは
夥しい鳥の死骸
壺の破片
食い散らされた果実と空の杯

ただ瞼のない眼のなかの瞳だけが
流れおちる滴の向うで星のように動いている

*

もう夢は見まい
束の間の　浅き夢など

追わずにおこう
艶やかな　花と蝶は
おんなも

死んでゆく身に

なんになろう

祈りですら

だが詩には
まだ未練がある

死屍累々の荒野に揺れる
野草　あずまや

絶望の女王

その顔を覆うヴェールに
指をかけたい

そのまなざしのなかに
入ってゆきたい

*

ビールと車体の揺れのなかで眠りに落ちたらしい
短い夢を見ていた

テロによる仕業か事故なのかは定かでない
海底を走るトンネルが崩れて

真っ黒な水が飛沫をあげて雪崩れこんだ
窓ガラスに押しつけられた土砂が液状化して

三葉虫の化石や　古代の葦舟
白い人骨が垣間見えた

海水は車内の通路にも流れ込んで
やがて天井へ達した

それでも列車はパリを目指して走りつづけた
客たちはみな土左衛門であった

わたしの向かいには相変わらずキーツがいた

長髪を海草のように逆立てて

キーツはすこぶる上機嫌だった
わたしに向かってしきりと話しかけてくる

紫色の唇から矢継ぎ早に吐き出される
シャボン玉のような気泡

その綺麗なさまに見惚れるばかりで
声は一語たりとも聞こえなかった

＊

詩についての詩を書き続けたひと

恋人に捧げる歌を歌うときにも
その主題から逃れることができなかった

世界は激変していた
トラファルガーの海戦　技術革新　騒乱

巨人たちが立ち去ったあとの
頽廃のなかで
キーツ、あなたの時代を
ふたたびぼくらは生きなおしている
あなたよりもずっと
ぐずぐずと

＊

貴族の出身でもないぼくは
幼いころからタフな生活者であり
過酷な現実を生き抜いてきた男でした

　　夢から醒めてもキーツはまだそこにいて
　　青ざめた蛍光灯の下でジンを片手に語っていた

ただその現実の凍てつく浜辺に
琥珀のようにきらきらと
詩が打ち上げられているのが視えただけです

吹きッ晒しのなかに背を屈めて
あかぎれた指先でそいつを拾い集めてきた
一度たりと遊びではなかった

　　そこでまた長い長い咳の発作
　　ようやくハンカチから顔を上げたキーツは
　　　不意に怯えた目を向ける

それもまた幻に過ぎなかったのか
死ぬのが怖くて
縋りついただけの滑稽な勘違いに

おれは言葉の道化師
黒い布に穴を開けた星空の下で

遊びと本気の区別がつかなくなって
腰まで水に浸かって

だがもう引き返すわけにはいかない
こんな風に生きるしかできなかった
鉛色の大きな波のうねりが
目の前に迫っている

……は薄情だ

＊

最後の言葉が聞き取れなかった
薄情だったのは
世間？　詩人？
それとも詩そのもの？

聞きかえそうとしたとき
ユーロレールは大陸側の地上へと出て
陽光が車窓を満たした
向かいの席は
すでに空っぽ
ただどす黒い染みのついた
ハンカチひとつ
花一匁

註　John Keats　英国ロマン派の詩人。代表作に「ナイチンゲール」「ギリシャの壺」「ラミア」など。Fanny Brawne は恋人。二十三歳のときに出会い婚約を交わすが、翌年結核が発病して結婚には到らなかった。一八二一年、療養先のローマで没。二十五歳だった。

噤みの午後

七月の初め
スカンジナビア航空に乗って
コペンハーゲンへ行った
その人に会いに
まだ会ったことは一度もなかったけれど

十九世紀の半ばに生まれて
二十世紀になって間もなく
わずか五十二歳で亡くなってしまっていたが

北欧はいまが夏の盛り
大型バスで乗りつけて海辺の人魚姫を
デジカメで捕獲する観光客の背後を
土地の人で鈴なりのフェリーがフィヨルドへ向かい

二クローネ硬貨を放りこんで
鎖から公共の自転車をもぎ取って
旧赤線地区にあるホテルから王宮を抜けて
美術館をはしごして

さっき通りすぎたばかりの街路を
その人の絵のなかに見つけた
だが画布のうえには細かい霧がたちこめている
夏は喧騒とともに去ってしまった

奥行きのない空間に描かれた建物のなかの
家具のないがらんとした部屋
額縁の外の窓から射しこむ午後の光に
鈍くかがやく陶器の縁

開け放たれた部屋の白い扉
の向うに開かれたまた別の白い扉
そのさらに向う
どんなにきつく耳を塞いでも

聴こえてしまうしずけさ
Vilhelm Hammershoi
最後からふたつめのOには斜めの線が入っている
生まれた年と死んだ年のほかはなにも知らなかった

*

九時半を過ぎてようやく太陽が傾きはじめた

舗道に陣取ったカフェの

運河を挟んだ向かいの王宮の外壁を
オレンジ色の西陽がそろそろと這い上がり
その上の端を切れたと思ったら
錆びついた緑の丸屋根から
遠くの教会へと移って
塔の先を輝かせ

そのままふっと東の空のかなたに紛れた

いつのまにか垂れこめた雲の下の埠頭で
横に細長い旗がちぎれんばかりにはためいていた
観光客の立ち去った後の薄ぐらい広場で
衛兵は無口な虫たちのように行進して持場を代わった

夕闇があたり一面にたちこめてきた
白昼の地中海からアルプスを越え
黒い森と聳えたつ尖塔のあいだをかいくぐり
北の地へ絶え入る間際の光が
波長のなれの果てで粒子に解きほぐされて

空も、街路も、窓も、運ばれる皿も給仕の女も
細かく震えながら辛うじて形を保っているかと思われた

ヴィルヘルム・ハマショイはそのなかから滲み出して
カイゼル髭を生やした壮年の男の形をまとい
わたしの隣の椅子に腰をおろした

わたしは会いに来てくれたことに謝意を示した
飛行機に乗って海の向うからやってきたのはわたしだっ
たが
彼が出てきたのはそれよりももっと遠い場所だと知って
いたから

作品から想像した通り真面目で厳格な人柄だった
冗談を言っても笑う代わりに深く納得して頷いたりした
〈あなたの絵をはじめて観たのはロンドンでした〉
《ブリティッシュ・ミュージアムかね。わたしは窓から
あの建物が見えるアパートでふた冬ほど過ごしたことが

ある》
〈いいえ、テート・ギャラリーでした。縦長の無人の室内画で、カタログには、もともとは右端にお盆を運ぶ婦人像が描かれていたのを、持ち主の英国人がバランスが悪いからといって切り落としたと書いてありました〉
《イダ……、切り落とされたのはわたしの妻だ》
ハマショイは憮然とした
〈今日はこの町で公開されているあなたの絵をすべて観てきました〉
ハマショイは皿の上のアンチョビを見ていた
〈はたちの時から、すでに生涯を一貫したスタイルが現れていて、それがあなたの天才を雄弁に物語っているのだけれど、三十代から四十代にかけて、画面の筆遣いに微妙な変化が現れるのですね。そこが非常に面白かった〉
ハマショイは酒を足しにきた給仕の女と言葉を交わした
当たり前だが流暢なデンマーク語だった
〈筆のストロークが次第に短くなって、しかもそのひとつひとつにいくつかの異なった形が混ざりあう。といっても灰色がかった白を基調に、淡い青や黄色が影のように浮き沈みするだけの、極めてデリケートなものですが。それがあの時期の画面に独特な効果をあたえている、壁も、机も、床も、盆を運ぶ婦人の姿も、すべてが弱々しい光の震えのなかに溶解してゆくような……〉
戸外のカフェの黄色い照明が、壁にハマショイの影を落としていた。
いっとき急速に暮れかけた空が、途中で不意に気をそがれたかのように、いまはまた薄明かりにほんのりしていた。これが白夜というものか。
〈あなたの絵をはじめて観たとき、咄嗟に「極北のフェルメール」だと思いました。でもフェルメールの描く事物はもっと確固としている、光と事物とが烈しく対峙しながら均衡しているというか。そこに本質的な違いがあると思う。あなたの絵では、光の震えが事物のなかにまで染み入っている、それでいていわゆる印象派と違って、事物はその輪郭を失うわけではないのだけれど。あの、スーラという画家をご存知でしたか?〉

喋りながらわたしはだんだん馬鹿らしくなってしまう
美術評論家ではあるまいし、こんな技術論を交わすため
にハマショイに出てきてもらったわけではないのだ
わたしが本当に訊きたいことは――、
だがどうやって言葉にすればいいのだろう
問いかけと答とが見つめあったまま口を噤む謎の前で

冬の陽を浴びる飾り気のない壁の面
誰もいない部屋の
無造作に開け放たれた白い扉
その向こうに連なるがらんとした部屋の端にも
また白い扉が
誘うように開かれて
そのさらに向こう、むきだしの木の床に
光が窓枠の影を落としている

あそこにはなにがあるのだろう
救いと恩寵?

研ぎ澄まされた欲望?
それとも覚醒、白夜のような……

ヴィルヘルム、あなたはそこへ行ったのだろうか
生きていてまだ居間に紅茶の匂いが漂っていたとき
奥さんが息を殺す午後のしじまを
白い絵筆の杖をついて

ボクハ見タ、四月ノ海辺デ
キラキラト輝ク波ノ中カラ
一匹ノ魚ガ自分カラ飛ビ出シテキテ
砂マミレニナッテ死ンデユクノヲ
ボクハ見タ、ボクヲ生ンダ女ガ
息ヲ吸イコンダママピクリトモ動カナクナッテ
オオキナ氷ノ塊ヲアテガワレタ女ノ腿ガ
カチカチニ凍リツイテ
ウスイ霜ニ覆ワレテイルノヲ

ボクハ触ッタ

ヴィルヘルム、あなたにはあなたの魚が見えたか
薄暗い廊下の向こう
床の上にたゆたう光の水溜まりに
ズボンの裾と踝を浸したとき
そのにおいを嗅いだか

〈ぼくはあの部屋のことを「噤みの午後」と呼んでいるのです〉

一匹の蛾が、ハマショイの顔を通りぬけて羽ばたいていたが、
彼はまばたきひとつせずに、わたしを見ていた

〈「噤みの午後」はぼくのなかにあるのに、
そこはとても遠い〉

だしぬけにハマショイが口を開いた
《きみはドイツから来たと云ったね。以前にも一度ドイツから尋ねてきた男がいた。生まれはオーストリアだと云っていたかな、その男も詩を書こうとしていたようだが》
その男の名前を訊こうとしたとき、ハマショイはもういなかった。
あの部屋へ、帰っていったのだろう、と思った。

Would you like to have another glass?
テーブルの上に並んだふたつのワイングラスを片付けながら
ユマ・サーマンに似た背の高いウェイトレスが囁くようにわたしに訊ねた

*

そこにはもう
誰もいない
建物のなかには
どんな物音もない

聞こえるのはただ

心の
しじまと
悲鳴のような床の軋み

壁に向かって
伏せられた画布
器のなかで
いつまでも揺れる波紋

自明の謎
窓辺の射しこむ闇
なんという静けさだろう
そこにはまだ誰もいない

中年ミューズ

例えば小難しい会議の最中なんかに
窓の向こうで木の葉が風に揺れているのが見えて
そいつが妙に眼に染みることがある
そんなときだ、ぼくの気持ちがふっと飛んで
どこかで（最近じゃ地方の大学に招かれて
集中講義を行うこともあるんだってね）
詩について語っているはずの君のもとへ行くのは
今日はキーツ、それともヒーニー？
古ぼけた教室までわざわざ足を運んで
ヒマワリの花々かパラボラアンテナみたいに
教壇へ顔を向ける学生たち
そこでも窓の外には木の葉が揺れているんだろうか
蝉も鳴いて

それがまるで別の惑星の出来事のように
遠く感じられる
妙な話だ
詩を書いているのは君ではなくて
ぼくの方なのに

若い頃は自分の書いている言葉が
詩かどうかなんて考えたこともなかった

酸素も希薄な空の高みに
竪琴を抱えたミューズたちは漂っていて
ぼくには聞こえぬ歌声を響かせているのだろうと

昔からの遠視に近頃じゃ老眼が混じって
額の上のブチのような白髪も目立ってきたようだが
ミューズと違って生身の君とは
会って話すこともできる

詩を読んでは語ることで生きてきたひと
ぼくが子供と遊んだり
金勘定に明け暮れているときも

世間は呆れるかもしれないが
今ではぼくはこんな風に思っている
猥雑極まりない日常の地面から生えてきた
珍奇なキノコのようなぼくのコトバも
古代以来の宴の熱狂と陶酔の果てに身を連ねて
詩と称することを許されていて
だがそれをそうたらしめているのは
詩というものに対する一種の盲信的な愛ではないかと

そしてもしぼく自身にその愛が欠けているならば
ぼくの書く詩の女神が
飲む打つ買うならぬ詩にうつつを抜かす
一見江戸の職人風のおっさんであったとしても
なんら驚くには値しないと

＊

親愛なるノビ、去年のちょうど今ごろ前作『世界中年会議』の原稿を纏めた直後から、醒めた熱狂とでもいうべきものに取り憑かれてね、これら一連の詩を書いたんだ。たいていは家族たちが起きだす前の早朝、空が明けるのを見ながら。

その熱狂の直接のきっかけを、君がひとりで暮らしていたダブリンのアパートに辿ることができる。研究と称して詩と音楽に耽る君を羨ましく思ったものだが、あの部屋で過ごした幾日かがなかったならば、エリオットやオーデンを読み返してみることも、恐る恐るダンテをひもとくこともなかっただろう。ぼくは、自分が詩を書くことはもうないんじゃないかと思っていた。

もちろんその先をもっと遡ったら、中学のころに出会った中也や、高校生でしった谷川俊太郎につきあたる。そのおふたりが、そろって友情出演を引き受けてくれた。そればかりか、なんと谷川さんは題字まで書いてくださった。あの頃のぼくにそう云ったら、どんな顔をするだろうか。

もう少し先まで歩いてみようと思う。どんな新しい世界が切り開かれるのか、それとも見なれた景色を見つづけるだけなのか、見当もつかないけれど。詩は未来にしか棲めないって言ったのは誰だったっけ。着いたら、とにかく連絡するよ。

二〇〇三年五月九日　ミュンヘン

（『噤みの午後』二〇〇三年思潮社刊）

詩集〈ゴールデンアワー〉から

天才バカボン

薄っぺらな絣を着て
君はただそこにいる
前髪が風に揺らいでいる
鼻の先から垂れ落ちる滴が金に光る

君の眼がどこを見ているのかよく分からない
だがこうなることが君には最初から分かっていた
そのことがいまになってようやくぼくにも分かったのさ

イヤミが歩いてゆくね
どんなにシェーッとやってみたところで
宙に延びる蔓の影ひとつ震わせることはできない　だから
彼はもう立ち止まろうとさえしない

塀に立てかけられたままの竹箒
その上へはみ出した柳の枝に寝そべっている
猫だけが不変だ

君のパパが帰って来たら
伝えておいてくれないかな
海辺の町にステテコが翻っていた
そしてそれはただそれだけでしかなかったと

名犬ラッシー

白黒のテレビにおぼろげに浮かびあがる真昼の向こうが
　わから
ラッシーは一目散に走ってきて見知らぬ少年の胸に駆け
　こんだ
まだ蛍光灯ではなかったろうほの暗い茶の間でそれを見
　ながら
別段羨ましいとは思わなかっただってぼくにはチビがい
　たから
チビは祖父が飼ってた茶色の毛の雑種だ雄だったか雌だ
　ったか
覚えてはいないぼくはまだ性も種も未分化な世界に生き
　ていた
チビはただぼくの友達だった一緒にバターのかけらを頬
　張った
向き合って手に手をとってダンスをした背丈は大体同じ
　だった
離れの厠に祖父がしゃがんでいるチビとぼくはそれを見
　ている
あたりはしんとして板の間には冬の透明な光が一条射し
　ている
着物の前をはだけて出てきた祖父がパンツを上げようと
　したら
お尻からウンコが飛び出したチビが咄嗟に摑まえて口に
　入れた

ぼくは笑い転げたけれどチビはきょとんとして尻尾を振ってた
祖父はどんな顔をしてたのか彼はもう逆光の暗い影にすぎない
夜になると祖父とぼくの間にチビが入ってきて川の字になった
朝祖母は怒るのだった布団にこびりついた茶色い毛を見つけて

五歳になって別の町に引っ越したときチビはまだ元気だったが
それからいろんな事がものすごい勢いで変わっていつの間にか
祖父の家からチビはいなくなっていたチビの死が思い出せない
ごめんなさいおまえはぼくのともだちだったのにごめんなさい

夕陽のガンマン

吹きすさぶ風のメロディ
転がる枯草
夕陽のガンマンは繰り返しやってくる
母の運転する黄色いカローラの
エイトトラックとか呼んでいたっけ
不恰好にかさばったカーステレオの箱のなかから

橋をわたると駅がみえる
降りつづける雨に赤信号がにじんでいる
ワイパーが単調な音をたてて
古びたロボットの指先のようにガラスの頬を拭う
母は黙って煙草を吸っている
(シートベルトも締めずに)助手席でぼくも黙っている

「男と女」と「禁じられた遊び」のあとぐらいから
また夕陽のガンマンは帰ってきて
かすかに胸は騒ぐが

子供ながらにもぼくには分っていた
渋滞の向こうに母が見ている大きな鬱屈に
どんな用心棒も敵いはしないと

目の前に漂ってくるのは
銃口ならぬ母の唇から吐き出された煙
そいつを振り払うと　いつのまにか雨はやんで
ぼくはハンドルを握りなおす
道は光りながら一直線に伸びている
夕陽のガンマンが立ち去ったあとの暗い地平へ

浅間騒乱

事件はある変哲もない昼下がりに突如発生した
母親のただならぬ気配に、学校から帰ってきた息子は訊ねた
どうしたの、なにがあったの？

地下鉄にガスがばら撒かれて大勢のひとが地面をのたうち回ったの？

地震が来て高速道路が横倒しになりモンペみたいなズボンを穿いた女の人が給水車の前で呆然と立ち尽くす様子がCNNを通じて世界中のテレビに映し出されたの？

ちがうわ、と母親はこたえた、三島由紀夫が過激派の学生たちと共に浅間山荘を占拠して自衛隊へ武装決起を呼びかけた後に自決したのよ。それからこう付け加えた。ミシマはノーベル賞もとった世界的な作家で滅びゆく日本の美を頽廃と紙一重の禁欲さで描き出した、代表作に「ダンサー・イン・伊豆」「黄金のパビリオン」「卍」など。

それで、と息子は聞き返した、日本はどうなるの、ぼくたちの将来は？

心配しなくてもいいのよ、不意にアフガンのきらびやかなヴェールで顔を覆って、母親はこたえた、誰にもあなたたちに指一本触れることはできない、だから安心して、宿題を片付けてしまいなさい、鶴たちと亀さんたちの絶え間なく揺れ動く関係のなかに変わらぬ真理を発見することがいまのあなたには求められているのでしょう。喋

りながら、彼女はアパートの台所には不釣り合いなほど
に大きな、白磁の壺と化してゆく。
冷蔵庫に、あなたの好きなプリンがあるわ
よかった、息子はほほえむ、ぼく、父さんがとうとう家
を出ることにしたのかと思った。それとか（壺のふちに
指をかけて、空っぽの底を覗き込みながら）、あなたが
不治の病いにかかってしまうとか。
母親はこたえようとしなかった。食卓の脇の小さなテレ
ビのなかで、空からボーリングの玉のようなものが振り
下ろされて、浅間の山荘を木っ端微塵に打ち砕く様子が
映し出されていた。
廃墟と化した山荘に、少年は、懐かしさを覚えた。冷蔵
庫の扉を開けて、吹きつける涼風に前髪を割りながら、
巨大なプリンとひきわり納豆の谷間の底を、少年はまっ
すぐに歩きはじめた。

ゴールデンアワー

互いに似たところのまるでない寄せ集めの家族たちが
入れかわり立ちかわり手をかえ品をかえて
オロナミンCを飲み干すと
コンちゃんの（平坦な）鼻梁から眼鏡がずり落ちてゆく

ウルトラマン、巨人の星、8時だョ！全員集合
待ちに待った時間がやってきた
あしたのジョー、キングギドラ、ゲゲゲの鬼太郎
画面からほほえみかけるヒーローたち

ゴールデンアワーは和製英語　本来は
PRIME TIMEという、辞書には載っていないが
英語でGOLDEN HOURと云えば医師たちの一種の隠
　語
緊急医療における最初の一時間を意味するらしい

気道、呼吸、血圧。患者の生き死には

その間に容態を安定させ得るかどうかにかかっている
医師たちは口を揃えて証言する
ゴールデンアワーはなによりも速く過ぎ去ってゆくと

手術台に仰向けに横たわったぼくを
ヒーローたちが取り囲んで見下ろしている
彼らには最初から全てのストーリーの結末が判っていた
切開された胸部の底に

しずむ（鳥たち！　木の形が一瞬にして崩れて
逆さまに零れおちてゆくような…）青空
闇のなかで輝く黄金の時間
そのはるか彼方でもうひとりのぼくが立ち上がる

あたり一面のぬかるみにゴミが散らばっている
地平から聴こえてくるくぐもった呻き声のようなものは
ぎりぎりまで回転を下げた主題歌だろうか
ツキホシの運動靴から

野球帽まで、ぼくは泥まみれだ
がたごと揺れる洗濯機に乗って母さんは宇宙へと漕ぎだした

厚い雲をくぐり抜けてきた光に
ほら、奇跡的に残ったシャツの余白が瞬いている

エイトマン、風の藤丸、月光仮面
ヒーローたちはマスクを外し白衣の前をはだけて
天才バカボン、ニャロメ、明智小五郎
光の輪から離れてゆく

へーい、教えておくれよ、ぼくは
生き延びたんだろうかぼくのゴールデンアワーを
彼らは首を振り繰り返すばかりだ
できるかぎりの手は尽くした、あとはもう
本人のちから次第だと

（『ゴールデンアワー』二〇〇四年新潮社刊）

エッセイ

ミュンヘンから、詩の領土へ

静けさの底で、搾りとる

　今日は十二月二十五日、ミュンヘンは昨日正午きっかりにクリスマス市の喧騒を止め、今はもう静まりかえっている。教会では早朝のミサが始まっているだろう。家々では親戚一堂が集う食事の準備で忙しいだろう。だがそのざわめきも、町を覆う巨きな静けさを掻き乱すことはなく、むしろ降りしきる雪の切片のように深めてゆく。

　高度成長期の日本で、ぼくはこのような静けさを知らずに育った。背後にはいつもテレビが鳴り、蛍光灯が闇を照らしていたように思う。二十代半ばでアメリカに渡ったとき、風景の壮大さとその静けさに圧倒されたが、それはあくまで自然の、無人の沈黙だった。

　いまこの町を包んでいる静けさは違う。これは人間が作り出した静けさだ。人間の精神が、日々の暮らしから、ちょうど麦芽から透明な金のビールを作り出すように、努力して搾りとった静けさだ。

　そしていささか唐突ながら、「麦芽」を「現実」に、「ビール」を「詩」に換えて、もう一度ぼくは繰り返してみたい。

　人間の精神が働いて、現実から、詩を搾りとる。


　去年の半ばあたりに、初めて「詩」を見つけた。どこで、と聞かれても答え難い。一枚の絵の前に佇んでいて、初めて訪れた街の見知らぬ路地で迷って、あるいは子供たちと汗だくになって遊びながら、ふっとそう思った。散文的現実の最中で、とでも言えばいいのか。個々の作品を包みこむ、大文字の詩。けれど詩情なんて言う趣味的なものじゃない、自分が生きて行くために必要な切羽詰ったもの。無言の一瞬から現れて、言葉とともに地上にとどまるもの。そういう、「詩」としか呼びようのないものが、この世には存在する、初めてそう確信したのだ。

　詩の大先輩にそう言うと、「十年も前に詩集を出しておいて、今ごろ見つけたの？　無責任だなあ」と呆れられたけれど、それが正直な実感なのだった。

じゃあそれまで書いていたのは何だったのか。便宜上「詩」と称してはいたが、別に詩でなくとも構わない、言葉でなにか新しいことが表現できればそれでよかった。読むほうだって、大半の詩は食わず嫌い、ごく少数の敬愛する詩人にしても、彼らが「いわゆる」詩人みたいではなかったからこそ、惹かれたのではなかったか。

ぼくにとって詩とは、古臭く、退屈で、それを否定することこそが書く原動力となるような、つまりは過去そのものだった。

君子豹変ス。詩は、ぴちぴちと、飛び跳ねる魚のように立ち現れた。ぼくは古今東西の詩を読み漁り、さまざまな詩人像を追い始めた。そうしてしばらくの間遠ざかっていた詩作を再開したとき、自らの一行を、目の前に聳える詩の峰々の、その末端のせせらぎであるかのように感じるのだった。

時代や言語を超えた、人類の魂のある領域としての、詩。

その存在に気づくために、ぼくには時間が必要だった。書かないで日々を生きることが。そうして何よりも、いまもこの町を包みこむ、人間だけに可能な静けさに身を浸すことが。

三々五々、町の人たちが教会から戻ってくる。冬の最果てで祝う、生の始まり。その背後に佇む死の影。人々が日常を自らに禁じた日。今日を一篇の詩のように読んで過ごす。

詩のなかの私、私のなかの詩

二十代の後半、フィラデルフィアに住んで経済や社会風俗を主題とする詩を書いていた頃、ぼくのヒーローはABCテレビ局のニュースキャスター、テッド・コッペルだった。毎晩十一時から始まるニュースショー「ナイトライン」を観ながら、言葉を鋭利な鑿のように駆使して、混沌たる現実から真実を抉り出そうとする姿に憧れた。ボクハ詩デソレヲヤルノダ。

実際その頃の詩に、生な形の「私」はいっさい現れない。時にぼくは電気を帯びたキャスターの声で語り、時に詩の登場人物に憑依してその声を借りた。三十代になってシカゴやミュンヘンで書いた子育ての詩や中年シリーズには、ぼくに似た「私」が登場するが、それとて「とまどう若い父親」や「老いと死の不安をかいまみる中年」といった役どころを、額に汗して演技している「私」なのだ。

自分で自分に照れていたのだろうか。それとも詩が「私」の迷路に入りこんで、他者に届かなくなることを無意識のうちに警戒していたのか。

詩の代わりに、日記ばかり書いていた時期があった。お腹を抱えて笑った家族のエピソード、ひとり旅、さまざまな展覧会や演奏会。書く題材はいくらでもあった。週の終わりに、ぼくはそれらを取捨選択し、ときに加工編集して書きつけた。日記は紛れもなく、わが生の時の時、かけがえのない細部の、膨大なモンタージュだった。にも拘らず、しばらくして読み返すと、それが誰かほかのひとの日記のように思えることがあった。あるいは、幸福で満ち足りた男を主人公とした、退屈な長編小説の断片のようにも。微にいり細にわたって書きつけた言葉の向こうで、常に一歩先をゆく現実が、あかんべえをしている……

少年の頃耽溺した中原中也を最近になってふたたび読み始めた。中也はまるで日記を書くかのように詩を書いている。それも自分だけの日記を書こうとして、知らぬ間に他人の分まで。個々の出来事や喜怒哀楽を越えた、生きることの手触り、生きてしまった以上、もう動かすことのできない一筋の傷のような経験。ぼくの日記が、どんなに言葉を連ねても捉えることのできなかったものを、中也が代わりに引き受けてくれているかのようだ。

それはまた、辞書を引き引き読み始めた英米やアイルランドの詩についても感じる思いだった。たとえばシェイマス・ヒーニーの詩は歴史、政治、古典、民話、個人的な記憶や思想、さまざまな要素を含みながら、そのどれひとつでもない。重層的な言葉がホログラフのように投射する小宇宙には、ヒーニーもいれば、ぼく自身もい

ている のだ。見知らぬ人々や動植物、精霊たちの気配すらが満ちている。

散文だとテフロン加工の鍋のように滑り落ちてしまう現実に、詩は言葉の楔を打ち込む。日々の流れの背後に蹲る、もっと確かな、もっと豊かな世界へ、柔らかな蔓の先を伸ばそうとする。

いまでもテッド・コッペルは好きだが、ぼくはもう高みから世界を見下ろすのは止めておこう。詩を、イノセントな無私の世界に閉じこめておくわけにはいかない。ぼくは知ってしまったのだから。ニュース・キャスターの言葉が役に立たない場所が、この世にあるということを。

地球びとの歌

家族と一緒に訪れたロンドンで、たまたま国際的な詩のお祭りをやっていた。一週間にわたってロイヤルフェスティバルホールを占拠した大規模な催しの、その最終日だった。ちょっと覗いてきていいかな、と申し出ると家族快諾。彼らはその間、ロングランの揚句に最近では学芸会並みと酷評されているミュージカル「グリース」を、断乎として観に行くという。

音楽会のように粛然とした大ホールの舞台にがっしりとした体つきの若い男が現れると、ひときわ大きな拍手が鳴った。Simon Armitage。一九六三年生まれ、ヨークシャー出身。この国ではすでに名の通った詩人らしい。大きな体に漲る力を、そっと内側に注ぎこむように声をひそめて、少し前かがみで、朗読を始めた。

一ヶ月前にダブリンの書店で、なんの前知識もなしに、ただ斜め読みの直感だけで彼の詩集 *Kid* を買ったばかりだった。詩人の声は、活字から想像していたものに近く、古い友人と会ったような気がした。やあサイモン、少年の頃の君と、このあいだ話してきたよ。

本屋の書架から当てずっぽうに詩集を抜き出して、ぱらぱらと頁をめくる。また元に戻すか、それともレジへ持って行くか。その瞬間、眼と活字の間に生じる化学反応のような感覚を、ぼくは割合と信じている。世界のほうぼうで、そんな風にして何人かの詩人たちと出会ってきた。

小池昌代さんの詩を知ったのは去年の春先だった。その年の秋、彼女は、まだ面識のなかったぼくの詩を評して「地球びとの歌」と呼んでくれた。そのときはただ嬉しいだけだったけれど、しばらくして、あることに思い当たった。

八重洲ブックセンターで小池さんの詩を初めて手にしたときの感覚と、そのすこし前、ロンドンのWaterstone書店で、ポーランドの詩人シンボルスカの本を見つけたときのそれが、すごく似ていたということに。詩そのものではなくて、頁を開かれた活字が一瞬放つ、匂いのようなもの。この星のあっちとこっちで、歳月を隔てて、共振するなにかが。

ときどき英語の詩を日本語に、日本語の詩は英語に即興訳しながら読んでみる。すると詩が個と言語から開放されて、素朴な笑みを浮かべ、互いの手を取って踊り始めるように感じられることがある。

シンボルスカと小池さんの二冊の本が無言で奏でる合唱、それはさらにまた別の声を誘うかのようだ。その波のような響きこそ、「地球びとの歌」と呼ばれるのにふさわしいものだと、ぼくは思った。

ロンドンからミュンヘンに帰ると、田口犬男さんから手紙と新しい詩集が届いていた。白秋がかけたジュークボックスからレノンの歌が流れだす冒頭の作品を読みながら、そこにサイモンの声が重なるのをぼくは聴いた。犬男さんの世界を巡ることの、それは邪魔にはならない。むしろ低いchantingのように、励ますように、響いていた。

世代や洋の東西を越えて、見知らぬ詩人同士を結びつける符合。地下の集会場所の入口で差し示すべき、魂の暗証。それは詩そのものよりも、現実を捉える生理的な感覚に根ざしている。あるいは現実を越えて普遍へと近づこうとするとき、精神が示す舞踊。その身のこなしから、詩人は一瞬にして同じ部族に属する者を見抜くことができるだろう。ぼくが属するべきコミュニティは、地縁でも民族でもなく、そこにしかないと思う。

城壁の外の、ダンテ

仕事柄飛行機に乗ることが多いのだが、なぜか中年になるにつれて墜落の恐怖がつのる。最近はそこにテロまでが加わり、機中では仕事の書類と諸行無常の思いとがめまぐるしく交叉するのだ。最も危険といわれる離着陸の瞬間、お守り代わりに、ダンテの『神曲』を開くことがある。ベアトリーチェに導かれて天上を目指すダンテと一緒ならば、万が一墜落しても魂だけは救われるだろうと。もっともそうやって読むのは、詩聖とともに地獄をうろつく場面ばかりなので、霊験のほどは確かではないのだけれど。

そうこうするうちに戦争が始まった。当面飛行機による出張は自粛とのお達しだが、息子が一月前からクウェートに駐留しているというアメリカ人の同僚は諦念の面持ちで米国の学会へと飛びたっていった。ドイツ人の女性はミュンヘン市内の反戦デモに毎週参加していると意気軒昂だ。ぼくも行こうかな、と云うと、イラン出身の青年は、止めたほうがいい、ドイツの警察は徹底した身元調査をして、外国人にはすぐに尾行がつくから、と真顔で忠告してくれた。日本を離れて十七年、普段はコスモポリタンのつもりで暮らしていても、戦争は否応なく国家や民族の概念を鼻先につきつけてくる。

先にあげた『神曲』の、ペンギン版の扉には "Here begins the Comedy of Dante Alighieri, Florentine by birth, not by character." というダンテの手紙の一節が引かれている。こちらで「どこから来たのか」と問われるたびに、「日本です」と答えながら、ぼくの脳裏を過ぎるのはいつもその科白だ。Japanese by birth, not by character. そんな風に答えたい誘惑に駆られるが、果してどんな Character によってぼくはぼくであればよいのか。

二十代の頃、日本から自由になりたいと願う一方、日本語からは決して逃れることができないと思っていた。自分の拠り所があるとすれば、それは日本語の豊かさに他ならないと。だがいまはそれすらが怪しい。日常会話のみならず、書物を読んで深く心を動かされるという経験も、英語の方が多くなった。

国ではない、言語でもない、「詩」が故郷。そんなことがあり得るだろうか。手で触れることはおろか、指差すことさえままならぬ「詩」というおぼろげな概念。それもひとつの土地に根ざしたものではない、無国籍的な都市生活に活けられた切花のような「詩」を、故郷と呼んで生きることが。

三十七歳のとき故国フィレンツェを追放されたダンテは、五十六歳で死ぬまで一度も戻ることを許されなかった。一説によるとパリ経由でオックスフォードまで行ったとか。『神曲』を書き始めたのは四十三歳のとき。いまのぼくの年齢だ。

朝霧のなかに市壁が浮かびあがる。崩れかけた石の上には雑草が生え、城門を見張るはずの若い兵士は、銃を膝にのせてうたた寝をしている。いまならば入ってゆくことができる。ここは、金や土地の代わりに、静けさと暗がりを本位とする詩の共和国。地図にはない、まだ訪れたことのない、わたしの故郷。

未明のダンテにも、そんな幻想の訪れたことがあっただろうか。

歌と銃声

国境を越えた瞬間、空気が変わった。目に見える風景には変化がないのに、肌に触れるなにかがたしかに変わった。一九九八年八月、ぼくたちは北アイルランドから南へ、すなわちアイルランド共和国へ入ったところだ。

ドイツに隣接している国境ならば何度も行き来していたけれど、こんな風に感じたことはなかった。実はその数日前、北アイルランドのOmaghという町で、テロリストによる爆発が子供たちを含む二十八名の死者をだしたばかりだった。「南」が、地政学的な重圧に抗って流血の末に築き上げられた、城砦のような革命国家、それも建国からまだ八十年ほどの新興共和国であることを、ぼくははじめて実感していた。

親友であり英文学研究者でもある栩木伸明が、その二年前ダブリンで研究生活をしていたとき、仕事にかこつけてぼくは何度か彼のアパートに押しかけては、手作りのアイリッシュシチューとともにこの共和国における言葉と音楽の在り方を授かった。

「詩と詩人が見えやすい国」を合言葉に、詩が社会のなかで生き生きと機能しているアイルランドを、「もしかしたら日本も辿り得たかもしれなかった《オルタナテイヴな》」共同体として語る彼の言葉は、日本から離れて暮しているぼくを強く刺激した。

当時のぼくは、詩に愛想を尽かしかけていた。帰国の際、書店にならぶ膨大な数の詩集の前に立つと、書くことはおろか読むことにも徒労感を覚えた。読者がいないんじゃない、詩の向こうにあるはずの詩人たちの、日々を生きる姿が、見えないのだった。詩集たちが無表情な群衆となって、ぼくの言葉を呑み込んでゆくようだ。

栩木が案内してくれたアイルランドは、その対極に位置していた。詩人たちは、詩を書いていないときの自分を引き連れて、いわば存在まるごと朗読の会場に現れるようであったし、聴衆もまた、自分たちの生活の精神的な面での代弁者としての役割を、詩人に期待している風なのだった。

詩を個人の表現としてだけではなく、他者との交わりや、社会との係わりにおいて捉え直すこと。たとえその「社会」が、必ずしも国や民族ではなく、もっと少数で、この星の上に散在するもの、親しい友人や家族、あるいは死者すらを含めて、ひそやかに張り巡らされた網の目であるとしても。

片側に「見えやすい」アイルランドを、もう片側に「見えにくい」日本を配し、そしてその真中に、週末にはすべての商店を閉じ、平日でも昼食後の数時間は町ぐるみで静寂を保つ、などというしきたりがまだ厳然と残っているドイツでの暮らしを捉えて、ぼくはふたたび詩を読みはじめた。

奥さんが南仏で体調を崩したので合流するのは無理みたいだと言っていた栩木たちを、思いがけずドニゴールの宿に見つけて息子が歓声をあげた。その夜、村のパブで、出来上がったばかりの彼の本『アイルランドのパブから』（NHKブックス）を貰い、ギネスで祝った。

ほろ酔い機嫌で宿までの夜道を歩いて、少しだけ道に迷った。その静けさと暗がりにひそむ、歌と銃声、宴と孤心を思った。
＊ほかに参考として、栩木伸明『アイルランド現代詩は語る』（思潮社）

思ひやる心は海を渡れども

最初は二年間の予定だった海外駐在が、いつのまにか十七年になろうとしている。家族も含めてミュンヘンでの暮らしは気に入っているから、それが二十年になっても構わないのだが、仕事で来ている以上いつ日本へ戻ることになるか、先は読めない。

宮仕えではなく自力で、身ひとつで母国を出てきた人たちが、この町には大勢住んでいる。さぞや苦労が絶えないだろうなと思う。そして彼らに比べると、自分の暮らしが、恵まれている分だけ、どこかしら抽象的なものであることを否めない。

土地の暮らしから剃刀一枚で切れた場所に立って、通行人のまなざしを向けている。そういう生活は、小説はいざ知らず、詩を書く上ではひとつの理想なのかもしれない。だがいつかはその代償を払う時がくるという思いもまた、離れようとしないのだ。

家族で一時帰国したあと、成田発フランクフルト行きのルフトハンザの機中で、実に四半世紀ぶりに『土佐日記』を読み返した。土佐守として四年間の任期を終えた紀貫之が、九三四年十二月二十一日に国守の館をたち、翌年二月十六日京都に帰りつくまでの旅日記。中世版の海外駐在員帰任物語としても読めて、身につまされるのだが、今回はじめて気づいた点も多かった。

まず、ほぼ全編が船上で繰り広げられているということ。この設定が作品に現実からの浮力というか、一種の抽象性を与えている。この点、筒井康隆の『虚構船団』を思い出させるのだ。

次に、土佐滞在中に幼い娘を亡くしてしまった悲しみが、京都に近づくにつれて蘇り、いや増すという状線。死の通底音が、一行の乗る船を、浮世の流れに浮かべ、儚い時の終わりへと押しやる推進力になっている。

それから、地の文と歌が交互に現れる歌日記である以上当たり前なのだが、散文的現実と詩的抽象との緊張を孕んだバランス。海賊に追われる恐怖、船頭の何気ない言葉が三十一文字になっていたといって面白がる虚無的な退屈、山崎のパン屋ならぬ餅屋の看板が四年前と同じだといって喜ぶ無邪気。散文の刹那的で固有なディテールが、詩の普遍性と響き合い、作品の多義性を深めている。

猥雑な現実を梃子に、作者は歌を、それ自体では決して届き得ぬ詩の高みへ羽ばたかせようとしているようだ。「男もすなる日記といふものを」などと女を装って、性差というフィクションを導入し、男性たる「紀貫之」の詩を、女の散文が冷ややかに相対化してみせるところなど、醒めた批評性と自己言及性が横溢しており、これをメタ小説の先駆として読むこともできるだろう。

なんとまあ、『土佐日記』は現代文学だったのだ。

飛行機が降下を始めた。紀貫之ご一行は京都の荒れ果てたマイホームの前で、呆然とたち尽くしている。結局のところ、千年前のこの詩人は、言葉の箱船にのってどこへ帰り着いたのだろう。どこに根を下ろしたのだろう。それとも最後まで宙ぶらりんだったのか。現実と詩の狭間から、異邦人の眼でこの世を眺めながら。

影見れば波の底なるひさかたの空漕ぎわたるわれぞわびしき

北の詩学

金曜日にチューリッヒで現地の事務所開きを兼ねた役員会、明けて月曜日にはアイルランド子会社の十周年記念式典があるというので、週末をひとりコペンハーゲンで過ごすことにした。かねがね会いたいと思っていた男がいたからだ。

Vilhelm Hammershøi 一八六四年生まれのデンマークの画家。日本ではまだ馴染みがないかも知れない。

がらんとした部屋に陽光が射しこんで、木の床に窓枠の影を落としている。人の気配はない。その一枚をはじめてロンドンのテート・ギャラリーで見たとき、足が止まった。透明な光はフェルメールを思わせるが、こちらにはもっと研ぎ澄まされた緊張が漲っている。

ジャズ祭とやらで町中大騒ぎのコペンハーゲンを、公共のおんぼろ自転車に跨って、Vilhelm に会いに行った。

ギリシャの海で生まれて、イタリアルネサンスを輝かせ、アルプスを越え黒い森を抜けて、オランダの運河のほとりで静物を照らしたこともあった光が、北の果ての画布のなかで、いまや絶え入らんばかりに震えている。誕生から遠ざかるにつれて、光はその波長を伸ばし、やがて粒子へと分解され、そのひとつひとつが、事物のなかへ潜りこんでゆく。外からではなく、内部から照らされた光景。見つめていると、耳鳴りがしてきそうだ。

誘うように開かれた白い扉、薄暗い廊下、その向こうに半ば閉じられたもうひとつの扉、その隙間から、不思議な光が漏れている。真冬の昼のような、あるいは夏の真夜中の、白夜の輝きのような。

あそこに見えるもの、見えそうでいて隠れているもの、あれが詩だ。個人や言葉の違いを越えた、詩そのもの。中原中也が空の奥に見た（けれど高すぎて音は聞こえなかった）「黒い旗」、とほいい「言葉なき歌」。生と死が分かちがたく絡み合っている場所。

「決して急いではならない」「駆け出してはならない」と中也は自らに言い聞かせたが、昼下がりのがらんとした美術館でぼくは Vilhelm に、いつかそこへ行くことを約束した。

売店で買ったカタログを読んで、驚いた。リルケもまたこの画家の絵から詩的な感銘を受けて、直接会おうと試み、その上で一冊の本を書くつもりだったらしい。画家をマイスターと呼び、伝手を辿って手紙を何通か送っているが、機会を得ぬうちに画家は死に、大戦が始まって、その名声は長く忘れ去られたのだという。

翌々日アイルランドからの帰途に立ち寄ったロンドンの書店で、現代米国詩人、ジョン・アッシュベリーの詩集を何気なく手にして、もう一度驚いた。

表紙に Vilhelm の、それもあの白い扉の絵があったからだ。"Wakefulness" と題されたタイトルポエムは、こう歌っていた。"Everything was spotless in the little house of our desire/the clock ticked on and on, happy about/being apprenticed to eternity"

「私たちの欲望の小さな家のなかではすべてが磨き抜かれていた、

時計はチクタクと刻み続けた、しあわせに

永遠の徒弟となって」

もうひとつの国

初めての町に着いたらそこで一番大きな書店を訪ね、土地の詩人の英訳されている詩集を求める。そんな習慣がついたのはごく最近のことだ。以前は美術館ばかり、その前は場末の路上をぶらつく方が好きだった。何年もかかって、目に見えるものから見えないものへと手繰り寄せられているような気がする。

ワルシャワの同僚マテコフスキー氏に教えてもらった書店は大学の真向かいにあった。地下の殺風景な文学部コーナーで、目の醒めるような美人の店員が、無愛想に数冊の本を指差した。知っていたのは Wislawa Szymborska だけ。一瞬の見合いでほかにふたりを選んで、ポーランドの古都クラクフ行きの列車に乗った。

クラクフは奥の深い街だった。大通りの裏へ回ると中庭があり別種の商店街が開けている。酒場に惹かれて地下へ潜ると、そこは迷路であり、小劇場、画廊、また別の酒場などと続いた揚句に、暗がりのなかで道に迷う。ようやくのことで地上へ這いあがると区画の反対側だったりするのだった。

Collegium Maius と呼ばれる中世の回廊で、Jan Kochanowski という十六世紀のクラクフ宮廷詩人が、幼い末娘の死を悼んで歌った *Laments* を開く。宮仕えの詩人がこういう私的な詩を発表することは、当時の慣習を逸脱しており、轡鐙を買いもしたらしい。「土佐日記」のなかでやはり幼い娘の死を嘆いた紀貫之を思い出さずにはいられないが、この *Laments* の英訳は、なんとシェイマス・ヒーニーによるものである。我が親友はもう読んでいるかな。

シンボルスカの詩集の冒頭に収められた「詩人と世界」というノーベル賞記念講演のなかで、彼女はロシアの亡命詩人ヨシフ・ブロツキーを「未来のノーベル賞詩人」と呼んで敬意を表している。そのブロツキーの詩的な小説 *Watermark* を訳したのは、ぼくの未熟な詩を日本の大詩人たちに引き合せてくれた金関寿夫。

ひんやりとした石段の上で本から顔を上げて、ぼくは辺りを見まわした。なんだか、詩人たちによる、時空を超えた隠微なネットワークが、張り巡らされているような気がしたのだ。

三冊目は、Adam Zagajewski。一九四五年生まれの亡命詩人。この街の大学で哲学を学び、八一年からはパリに在住。薄っぺらい詩集 *Mysticism for Beginners* の著者紹介に書いてあるのはただそれだけ。パリの街路、アムステルダムの空港、ギリシャの海岸。目の前にひろがる今日の光景が、目に見えない世界と肩を並べる。迫害と虚無、路上に出現する天使、チェロの音色、死者たちの思い出。詩人はそれら全てに触れながら、そのどれひとつにも属していない。彼は常に乗り継ぐ人だ、留まることができない。ひとつの共同体を棄てて、別の共同体を夢見ている。言葉の向こう、沈黙の底から束の間浮かび上がる、詩の共和国を。

地下の迷路の暗がりで、猫のように目を光らせている娘に方角を訊ねると、なぜかイタリア語が返ってきた。かつてここには、地上の権力を逃れたもうひとつの社会があったという。劇場、集会所、そして裁判所や警察、学校さえも。

一篇の詩の背後にも、そんな「もうひとつの国」が隠れているとは云えないだろうか。

麻薬と倫理

年をとるにつれて、夭折した詩人たちのことが身に沁みる。彼らよりも生き延びた自らを省みるにつけ、その若さに愕然とするのだ。少年のころ天才と仰ぎ見た詩人を、作品への敬愛は高まるばかりなのに、いまや弟のように不憫に思って、巨きな影の底に見下ろす。その深淵に足が竦むようでもある。

英国ロマン派の詩人、ジョン・キーツは二十五歳で死んだ。実際に詩作に携わったのは、はたちからの数年間にすぎない。薄っぺらい選詩集を、イギリスの高校生向け副読本片手に斜め読みして、とても信じられないという思いと、納得する思いとが交叉した。

幼い頃から身内を亡くし、医師の訓練を受けたキーツにとって、死は、生と同じくらいに身近なものだったようだ。二十三歳のとき、結核の弟の最期を看取り、翌年早々自らが発病してからは、迫り来る死を、もはや避けがたいものとして、真正面から見据えるほかなかった。そのことと、彼の詩の多くが、現実と夢想、瞬間と永遠、快楽と苦しみといった対立項のなかで、詩そのものを主題としていることとは無縁ではないだろう。

キーツの詩のロマンチシズムを、感傷や耽美と間違えてはいけない。彼は覚めた現実主義者の手つきで、詩を自らに処方しているのだ。生の崖っぷちで、深い谷底からの風に吹かれながら、せめて魂だけは救おうとして。それも宗教の力を借りずに。

十八歳のとき、母が死んだ。一人っ子のぼくにとって、それは大きな衝撃を与えた筈だが、あるいはだからこそ、ぼくは蜂が蜜のなかにもぐりこむように、生の只中へと入っていった。葬儀の朝も、ひとりで散歩した父の郷里の砂浜で、春の海の眩しさに見惚れていた。その足元へ、とつぜん波間から飛び出してきた魚が、のたうち、砂まみれになって、ぼくを驚かせたが……

そのあとすぐにひとりの娘と出会い、やがて結婚して、子が生まれ、家庭を築き、いま窓の外には異国の野が広がっている。だが、ときどき思うことがある。ぼくはまだあの砂浜に立ったままなんじゃないか。すべては波の間の、無数の光の粒に映った幻ではないだろうかと。

四半世紀をかけて、ゆっくりとぼくは我に返りつつあるようだ。これからまだ葬儀を始めなければならない。もはや誰のためでもなく、沈黙に向って言葉を、花のかわりに供えながら。


小説家ならば物語のなかへ没入できるかもしれないが、詩人はそうはいかない。自分自身から、生きている現実、その果てに待ちうける死から、彼は逃れられない。詩は、人をこの世から運び去るふりをしながら、打ち返す。かと思えばまた遠ざかり、その波打ち際で不安定な舞踏を踊り続けるのが、ぼくにとっての詩人像だ。

“Beauty is truth, truth beauty” と歌ったキーツが、そんな決り文句に留まることができなかったのは、後期の作品からも明らかだ。彼をナイチンゲールの歌声に誘ったものが詩ならば、美と真実の亀裂へと押しやり、その向こうにさらに深い恩寵の予感を示したものもまた、詩の力にほかならないだろう。

詩のなかにせめぎあうふたつの力、麻薬のような誘惑とどこまでも醒めた倫理性を、夭逝した詩人たちはぼくに教える。

井戸から釣り上げた魚を、川に放す

詩の最初の一行は、日々の現実と同じ地平から始められるべきである。もちろん最後の一行は、「あちら側」に届いていなければならない。その間の距離、あるいは高度差は、大きければ大きいほど良い。費やされる言葉数は、少ないに越したことはないが。

飛距離を伸ばすためには、言葉の抵抗、日常言語には存在しないある種の規律が必要だという逆説を、詩の実作者なら体験的に知っているだろう。だが明治以降綿々と続いている、外来の概念を漢字の造語やカタカナに置き換えるという習慣は、現代の日本語から大和言葉の多義性を奪い去ってしまった。加えていわゆる口語自由詩は、七五の定型もまた自らに禁じている。

多義性と韻律、この二重の喪失が、日本の現代詩の「線」をどれほど細いものにしているか。それを知るためにはむしろ外国語で書かれた詩を読んでみるといい。ここでぼくが想起するのは、シェイマス・ヒーニーやデレック・ウォルコットの、泥炭から、あるいはカリブの海中から引上げた古代の舟の櫂のような、読み返すたびに新しい発見が潜んでいる詩句の様相である。これらに比べるとき、日本の詩の行は、まるで浮世絵の線のようだ。

しかし、だからと言って、日本語の詩の書き手から、多義性と韻律とが決定的に奪われたわけではない。多義性は単語レベルに限定されているわけではなく、語と語、行と行のモンタージュによっても表現しうるし、喩えという詩人にとって最大の武器はいまもなお健在だ。そして韻律に関して言えば、口語自由詩にも確乎たる音楽性が宿っていて、それを支えるために無限の形式（一回限りの、かりそめの定型！）が作り出されてきたのだ。

その実験の場、ぼくが自分の詩における「抵抗」について知らぬ間に学んできた教室こそ、明治以降の詩の流れ、とりわけ戦後の現代詩にほかならない。難解過ぎて取りつく島がないと思われたり、逆に日常べったりの作品もある一方で、日本語を母語として生まれてきたことがほかの何よりも幸福だと思えるような作品群が、そこにはまだ生々しく息づいている。それらは現代の日本語が抱える問題点を明らかにする一方で、その問題を克服して、普遍へといたる道筋もまた暗示してはいないだろうか。

以前は滑稽としか思えなかったバロックやロココの絵画に、最近のぼくは親しみを感じる。ルネサンスの巨匠たちのあとにやってきて、その遺産の前で途方に暮れながらも、なんとか気勢をあげて、もう一度始めようとした彼らに、我が身を重ねてしまうのだ。

直線的な進歩の幻想に囚われるならば、詩の現在はすでに辺境まで踏破されて、僅かな果樹しか残っていない荒野のように思われるだろう。けれど詩は工業製品ではないし、言葉に用法特許は無効だ。地平を遙かに見下ろす渡り鳥の眼差しに倣うならば、その荒野は、（宝石を覆したような）豪華絢爛へと変貌するだろう。

夜明け前から始めたこの文章をここまで書いて、雨戸を開けたら、久しぶりの雪が降りしきっていた。道理で静かだったわけだ。

　書くためにはこの静けさと孤独が必要だが、もしも井戸の底から一篇の詩を釣り上げることができたならば、それは川に放してやろう。その流れが、個別の言語の境を越えて、この星にただひとつの、豊穣の海へそそぎこむことを願いながら。


（「現代詩手帖」二〇〇三年二〜十一月号）

箱を囲んで

　三人の女が床にぺたんと尻をつけて座っている。火の気のない、殺風景な板の間である。濃い闇に沈んで周囲は見えないが二十畳ほどの部屋であろうか。だが案外壁などはなく、そのまま広大無辺な荒れ野へと続いているのかもしれない。

　そこにだけぽとりと落ちている薄明かりのなかで、女たちは『マクベス』に登場する三人の魔女さながらに座っている。だが真ん中にあるものは焚き火でもイモリのスープでもなく、一個のダンボール箱だ。大型テレビの梱包にでも使いそうな立方形で、表面にはなにも記されていない。上の蓋は無造作に閉じ合わされたままかすかに開いている。

　女のひとりは七十過ぎだろうか、ずんぐりとした短軀である。その右側には、すらりと背筋の伸びた、目鼻立ちのはっきりした若い女が座っている。そのさらに右側、つまり老婆の左にいる人影は俯いていて顔が見えない。若いのか年をとっているのか、醜いのか美しいのか、あるいは華奢な身体つきの男であるといっても通るだろう。

若い女に向かって、小太りの老婆が喋っている。年に似合わぬ、広々としたアルトの声である。「……あのこ産んだんは、八月の暑い日の昼下がりやった。寝屋川の病院の廊下で待ってる間に、良和さん、器用に空き缶で灰皿作ってはった。……二三日たってから姉が見舞いに来て、あのこ見下ろしながら、『ふうん、これ』って言うたんや。あれ、よう忘れんわ。……八月生まれは脚が短うて頭悪いていうけど、あのこはカシコやったよ。京阪電車乗ると自分から靴脱いで、窓向いて座ってな、オモチャの電車握りながら『チュギワー、チュギワー』って、あんた、なんのことか分かる?」老婆は犬のような親しみをあらわに、若い女の顔を覗きこんだ。

「さあ、なんだろう。教えて」女はやさしい声で応じた。

「車掌がね、『次はぁ、枚方です』とか車内放送するでしょう、その『次は』が『チュギワー』になったの。いつ乗ってもチュギワー、おかしいやろ」

老婆は笑いながら若い女の肩に手をかけた。若い女は労わるようにその手に自分の手を重ねた。俯いた女は聞いているのか、いないのか、まったく反応を示さない。

「色の白い、それは可愛らしい子ォで、外へ出るたんびに女の子と間違われたの。それでほら、コマーシャルへ出てくれっていわれて、あんたも知ってるやろ? オムツかぶれの薬の宣伝。すっぽんぽんで座らされて、カメラマンが『はい、ママの方見て』って言ったら、あのこなんべんでもニッコリするのよ。周りのヒト、吃驚してたわ。

……広島へゆく前に一年だけ大阪で幼稚園へ通ったでしょ、わたしも行ったミッション系の香里幼稚園。寝屋川の駅前にある実家の薬局で待ってるとねえ、カワイセンセといっしょに手ェつないで帰ってくんのよ。香里園の坂おりて、京阪電車に一駅のってくる間、あの子ずうっと喋ってるんやて。センセよう言うてはった、『園児やいうこと忘れて、大人同士で喋ってるみたいになるんです』って」

「だって、康祐さん、高校生のときの綽名が『スピーカー』

だったんでしょう」若い女が、おなかを手で押さえて笑いながら合の手をいれた。「ぜんぜん変わってないのね」

「きっとねえ、それ、わたしのせいよ」老婆は真顔に戻っていう。「まだ岸和田のアパートにおった時分の赤ん坊のときから、ようオハナシを聞かせてたもの。お母さんクジラが銛で撃たれて、子供クジラに『ひとりで逃げなさい、早く』って叫ぶクダリになるとね、あのこ、いっつもしくしく泣きやんねん」

「まあ。でもそういうストーリーって、子供の自我形成にとってはどうなのかしら」若い女が口を挟むが、老婆はまるで意に介さない。もうひとりの女は俯いたままだが、どことなく耳を澄ましている気配が漂う。

「良和さんが出張ばっかしやったから、わたしとふたりか、そうでなかったら寝屋川の実家でおじいさんと遊んでるか、とにかく常に大人と話してるの。おじいさんっていうのが、またサービス精神旺盛っていうか、お調子者で、やっちゃんに金閣寺の鐘の音を聴かせたるいうて、柵の外から石投げて、住職に血相変えて追いかけられたりしてたひと。いっつもチビと三人で連れ立って、庭の池の亀のおなかにマジックで名前書いたり、庭の端から端まで紐張ってそこにずらぁーと線香花火吊り下げたり、虫眼鏡で陽ィ集めて紙焼いたり。寝るときは布団の真ん中にチビいれて川の字で作り話や。たいがいママが悪者に捕まってな、それをあのこ率いる少年探偵団が救いにゆく話やねん」

老婆はそこで一息つくと、声をひそめ、目の前にある箱を顎で指す素振りをした。

「あのこのなかにはね、わたしのコトバがぎっしりと詰まってるのよ。せやからあのこ、小学校二年のクラスでシリトリさせたら、最後まで残って、ひとりで延々と続けてたって、阿部センセ言うてはった」

「うちでもそうだったわ」若い女が、老婆の声を引き取るように話しはじめた。

「健太が幼稚園に入ってから、李夏が小学校の四年生になるくらいまでだから、あわせて八年間くらいかしら、あのひと毎朝車の中で子供たちにお話を聞かせていた、『朝の連続作り話』だとか言って。わたしにだってそうだった。偏頭痛がしたり、肩凝りがひどくて眠れなかったりしたとき、あのひと、わたしにマッサージしながら、急に話し始めるのだった。別に創作じゃなくって、新聞の三面記事みたいなふつうの話。でもあのひとが喋ると、奇想天外な物語のように聞こえて、不思議と痛みが薄れていった……。

あのひとにとっての言葉とは、ロゴスではなく、あくまでも発話だったのだと思う。父なる神の、掟としての言語ではなくて、木の葉のようにさやぎ、波のように打ち寄せながらどこまでも続いてゆく人間の声。でもわたしはそうじゃなかった。わたしは……」

いつのまにか、三人目の女が顔をもたげて、若い女を見ていた。その面立ちはなお影に紛れて判然としない。老婆は若い女の言っていることがどこまで判っているのか、曖昧な笑みを浮かべてふたりを見比べている。

「……わたしは、沈黙の側にいた。わたしのなかには、燃える砂漠と、凍りついた星空と、古い砦があった。だからこそわたしはあのひとが好きになったのだ。よく通る深い声がわたしの名前を呼び続けて、わたしは眠りから醒まされた。汗と血の匂いのする風が冷たい砦のなかへ入ってきた。けれどわたしたちは、ひとつになったのではなかった。ふたりは縺れあって闘いつづけた。傍目にはきっと踊っているように見えただろう。わたしは繰り返し門を閉ざし、あのひとはそれをこじ開けようとして猛り狂い、そのたびに血は流された。子を育て、自らは老いへ向かう日々のなかで、わたしはときどき無性に沈黙へ帰りたかった。饒舌がやんでくれることを希った」

若い女は些かだらしない横すわりで、もうひとりの女は端然とした正座姿で、ふたりはいまや正面から向き合っていた。それでも女の顔立ちが見えないのは、それが影に覆われているからではなく、むしろ顔そのものが、闇あるいは井戸の底に溜まった水のようなもので出来ているからであろうか。

胡坐をかいて座っていた小太りの老婆が、自分ひとり取り残されてはなるものかとばかり、ふたりの間に割って入った。

「ところで、あんたらがあのこに初めてあったのは、いつなん?」

「わたしはほら、大学のオリエンテーションで会ってるはずだから、お母さまが向こうへいらっしゃるほんの数日前ですよね」身をひねって若い女が答えた。

「そうやのん、ほんならあたしら、あのこにとっては生まれ変わりみたいなもんやね」

老婆はうれしそうにそう言うが、若い女にはそれが気に食わぬ様子である。自分はあくまで自分であって誰の身代わりでもないとでも言いたそうだ。

「でも、わたし、そのときのことはぜんぜん覚えていないの」と彼女は言い放つ。

「それで、こっちの方は？」影の女に呼びかける老婆の声には、若い女と話すときと違って、警戒するような調子が混じっている。

影の女は答えない。その代わり、月の光を浴びた夜の湖畔のようにほのかに顔が明るみ、垂直な漣が走りはじめた。ふたりの女が息を呑んで見守るうちに、液晶化した顔面には無数の映像が浮かびあがり、消えてゆく。

一斉に飛びたつ小鳥たちのような驟雨の雨脚。虫かごのなかで暴れまわる油蟬とぼろぼろに破れた紋白蝶の翅。川沿いに建つ廃墟のドーム。喉もとのケロイドとその上の柔和なほほえみ。冬の夜、少女が爪先立ってカーテンをめくると窓ガラスの裏側に巨大なオオミズアオが翅を広げて。丘の上の望遠鏡と土星の輪。枝と枝のあいだからどこまでも追いかけてくる月。露にぬれた枇杷。冷え切った便所に差し込む透明な朝の光と、雪のなかで拷問に耐える峠の殉教者たち。満ちてくる潮、失せてゆく足跡。白い子犬の黒く濡れた瞳。遠くから近づいてきて白くけぶりながら山の斜面の木々を打ち鳴らす夕立……

そのうちのいくつかは老婆にも見覚えがあった。だが大半はどことも見当のつかぬ一瞬の切れ端だ。ゴシック様式の尖塔や石畳の路地を行き交う人々、その思いつめたような眼差しを眺めながら、きっとこれが、あんなに憧れながら遂に行き得なかったヨーロッパだろうと彼女は思った。してみると、草の上を素早くよこぎる小さな裸足や石段の上で突き出されるグーの拳、みるみる滲み出る透明な涙は、孫たちの姿やろうか。

身を乗り出して覗きこむ老婆をはぐらかすかのように映像は消え去って、影の女の顔は暗い井戸の底へと沈んでいった。老婆は、ふん、と鼻を鳴らして座りなおし、ふたたび若い女に話しかける。

「さっき、白い子犬が映ってたやろ、あれな、六歳の誕生日祝いにわたしが買うてやったの。ところがある朝、犬取りに捕まってな、そしたらあのこ、ちっちゃいくせに犬取りの男に飛びかかっていくやないの……」

「おかあさん、それはもう、こっちで」若い女は困惑したように影の女を振り返って囁いた。「詩にされているわ。『ゴールデンアワー』という作品集に入っているけれど」

「あら、そうやの」小太りの女は憮然とする。「えらい、ナマなこと書くんやねえ。そういうのも、詩ィなん？　小説みたいやけど」

「そうねえ。考えてみたら、あのひと、一貫して自分の身の回りのことばかり詩にしているのね。わたしと会って恋愛詩を書き、会社に入ってビジネスの詩、アメリカで暮らしたらアメリカ詩集、子供が生まれて子育て詩集、中年になって『世界中年会議』でしょう。いつも目の前にあることしか書かないの」

「ほかになに書いてええのか、分からへんのちゃう？」

「ていうより、目の前にあるものを言葉で変質させて、要するに現実から逃げ出したかったんじゃないかしら」

「ははあ、それはでも、大阪のシャベリの伝統やね。喋ってるうちにコトバが現実から離れて勝手に飛び回って、森羅万象片っ端から話のタネにしてしまうのよ。無責任にチャカしてんねんけど悪気はないねん。喋ってるのは、自分やのうてコトバなんやから。せやけど」と老婆は影の女をきっと睨みながら、「喋りは消えてゆくだけやから罪はないけど、文字にしてしかもそれを世間に公表するというのは、また別の話やね」

「それはいいんだけど、詩を書いているあのひとって、すごく傍観者的だったり、人の話を聞いていなかったり、そこにいるんだけどいないみたいな……」

「家庭内蒸発や、それ」

「本人は全然そうは思っていなくてね、むしろ言葉をツルハシのようにつかって、現実の背後にひそむ原型的なものを探っているつもりなのよ。それはよく分かるんだけど」

若い女は取り成すようにそう言うが、老婆はなおも言い募る。

「自分で産んどいてなんやけど、それ、一人っ子の悪いとこや。ほっといたらいつまででもひとりで遊ぶ子ォやった。なんやぶつぶつ呟きながら絨毯の模様をなぞったり、天井から垂れてる蛍光灯の紐をじいっと見つめてたり。詩ィ書くのも、あれの続きなんやろか」

「でも、康祐さん、中学・高校と六年間寮生活を送ったでしょう。きっと他人とか社会という存在に初めてじかに触れて、ひとりで充足していた世界が無理やり開かれるような強烈な体験だったと思うの。もしもそれがなかったら、彼、もっと典型的な文学青年になっていて、作品にだって、ああいう独特の散文性はなかったんじゃないかな」

「一人っ子のわりには、ほんまにええ友達に仰山恵まれて。死ぬ前の年の秋にね、うち、岡山の病院抜け出して広島まで運動会を観に行ってんよ。そしたらあのこのチームが優勝して、あのこは高校三年で級長やったから、仲間の肩に担ぎあげられてねえ、夕日に向かって大きな旗を掲げた。あたしそれ見て、ああ、自分はやっぱりこのまま死ぬんやって思った。ここまで生きたきた褒美に、神様があのこの雄姿を見せてくれたんやて」

老婆は束の間しんみりと黙り込むがすぐにまた喋りはじめて、「せやけどあのこな、わたしが死んでから、まだいっぺんもわたしのこと夢に見てへんのよ。ちょっとそれ、異常やあらへん?」

「自分のなかの無意識の領域が貧しい、あるいはそれを極度に抑圧しているってことが、彼の詩人としてのコンプレックスみたいだけれど、それとも関係する話ね。ただ、おかあさんが亡くなる少し前に、それを予知する夢を見たってことは詩にしているようよ」

「あんたは、わたしに会いにきてくれはったねえ。あんな危険なところまで、はるばる歩いて。足から血ィまで出してねえ」

老婆はそういうと、不意に涙ぐんで若い女の手をとった。若い女もその手を握り返して、「それでね、わたしがおかあさんに会いに行ったことも、やっぱり『影のなかの邂逅』という詩になってるの」

「ほんまかいな、もうしゃあないなあ」今度は一転ふたりして陽気な笑い声をあげた。

しんしんと闇は深まり、ふたりの女はそれぞれの物思いに耽っている。三人目の女は相変わらず黙したままだ。老婆は胸の中で若い女に話しかけて、

「あのこにコトバを授けたのはわたしやけれど、それがただのお喋りやのうて、詩ィに向かっていったのは、あんたと出会ったからやないやろか。わたしにはそんな気がするの。ロゴスやか砦やか知らんけど、あんたのなかに詩の核みたいなもんがあって、あのこはそれに恋をしたんや」そこで深々と溜息をついて、「昔っから要領のええ子やったから、いまでも詩ィと生活と両方こなしてるみたいやけど、いつまでそれが続くんやろか。頭はエエくせにオッチョコチョイで、試験でも必ずウッカリミスや。いつかバタンと、それも向こうの方へ倒れるんやないかと気が気やあらへんわ。わたしは出しゃばんの嫌いやから、口はださんけど」もう死んでいるという立場も忘れて老婆はしゃあしゃあと独りごちる。

若い女は自分自身に語りかけていた。

「結婚したばかりの頃、姑に苦労する友達の話をきいて思ったことがあった。おかあさんは、一人っ子で母親っ子だったあのひとが精神的に独立できるように、少しずつ身を引いて、わたしが現れたのを見届けてから、さっと隠れたんじゃないかって。でも今になってわたしには分かる。おかあさんは死んでなんかいなかった。むしろ死んだ瞬間から、あのひとのなかに物凄い強さで生きはじめて、十年も二十年もかけてあのひとを引き摺っていく、死と絡みあった詩のほうへ」それが癖の、きゅっと歪めた下唇を噛みながら、彼女は老婆と影の女とを交互に見つめた。

「若くして死んだ人の残した恐ろしいエネルギーが、遺された者を鞭打って、馬車馬のように駆り立てる」

若い女は不意に頬が紅潮するのを感ずる。怒りに似た感情に駆られて彼女は口走った。「言葉は、はしたない。言葉はふしだらで、嘘つきだ。わたしは黙って事物の重みに耐えていたい。歓びに駆られて踊り、悲しみに泣き叫びながら、言葉の届かないところで生きてゆきたい」

影の女はなにも言わない。座したまま微動だにしないその姿は、ふたりの侍女を従えた王女のようにも、ふた

りの警吏に引き立てられて裁かれる罪人のようにも見えた。

夜明けが近づいてきたのだろうか。四隅の闇はいっそう深まりながら、ほのかな明るみの気配を漂わせていた。どこからか鳥のような鳴き声と、乾いた羽ばたきの音。

若い女ははっとしたように肩を震わせ、中腰になって老婆の方へ身を傾けた。「おかあさん、わたしもう、そろそろ戻らないと」いつの間にか彼女は歳をとっていた。頭には白髪がまじり、眼や口の周りには細かな皺が刻まれていた。四十半ば、ちょうど老婆がこの世を去ったころの年齢だ。

「いつかまた、お会いしましょう。そのときは箱じゃなくて、康祐さんも一緒に」

女が差し伸べた手を見て、自分よりも老いたものの手だと老婆は思った。「その手でもうしばらく、健太や李夏を育てて、好きな太鼓を叩いたりするんやね。いつかその手で、石をどけ、草をむしり、土を掘って、ただのコトバやない、生身のあのこを埋めてやってください」暗がりの外側へ立ち去ってゆく生者の後姿に向かって、死者は祈るように手を合わせ、頭を垂れた。

若い女が去ったと同時に、影の女もまた見えなくなった。三人が一堂に会さない限り、自分ひとりだけでは居場所を得られないとでもいうかのように。

ひとりだけ残された老婆は意外な身軽さで立ち上がった。若い女とは対照的に、老婆は若返っていた。抗癌剤と化学療法のせいで顔はむくみ、髪の毛を失っているが、そこにいるのは四十代半ばの小太りの女だった。これがあのこの詩ィかいな、ちょっと覗いたろか。彼女はぽつねんと置かれた箱に近寄り、鍵を締め忘れた鎧戸のような蓋に手を伸ばす。

いうまでもなく箱は空っぽである。内部には空虚な明るさだけが満ちていて、覗きこむ女の顔を微笑みのように照らし返した。

（2004.10.8）

作品論・詩人論

噤みの午後にダンテと出会う——四元康祐読解ノート

栩木伸明

日本がバブル景気に沸いていた当時、日本企業のひとりの駐在員が、アメリカ東海岸の大学院で経営学修士号を取得した。やがて月面（のようなところだったらしい、本当に）へ赴任して子育てをしたのちの転勤先は、旧大陸の、午後と週末に口を噤むことが定められた国だった。周辺には独自の文化と歴史を誇る国が綺羅星のごとく点在し、各国間の出入りは前世紀末からフリーパスになったので、仕事の合間に美術館を訪れることが趣味になった。中年の呼び声を聞いたのちの人間にはふさわしいたしなみといえるだろう。いちばんの愛読書はダンテの『神曲』だという。噤みの午後の国と日本が遠く離れているとはいえ、二十億光年ほど遠くもないから、たいていは年に数回帰国する。家族は妻と一男一女。

＊

一九九〇年、フィラデルフィア在住の四元康祐は大岡信に、「台所に座って、ワープロに向かって詩を作ってます」と書き送った。大岡は、アメリカ文学者の金関寿夫から渡された四元の詩稿を読んで興味をもち、詩集の出版に向けて力を添えていた。当時四元が書いていたのは、大学院で学んだばかりの金融理論を解説することばがいつのまにやら詩に化けてしまうような作品だった。たとえば「オプション取引」の後半はこんな具合である。引用中のカッコは、詩の語り手の言語が「解説」から逸脱しているとおもわれる部分に引用者がつけた。

言わば未来へのリスク回避者とリスク保持者とが対峙
　する訳であり
その中間に無言で横たわる現在のオプション料は
過去の価格変動に基づく二項分布確率により算出され
　る
（斯くして取引当事者は時の移ろいから解き放たれる

のである）

通常オプションは単一の取引ではなく売手が引き受け
　たリスクを回避するために
また別のオプションの買手となってリスクを連鎖的に
　転嫁し続ける（ので
我々は今この瞬間を充たす世界の豊かさに酔いしれて
　いられる）
（舞い踊る桜吹雪の只中に立ち尽くして
最後に残されたたった一人のリスク保持者が
遠い異国の丘の上で枝に吊されやがて黄昏へと昇天す
　るのを
呆然と眺め遣っていることが可能となる）

金融用語をできるだけ正確に定義しようとする解説者が「斯くして」や「ので」を口にしてまとめに入ろうとするたびに、締めつけてくる解説言語の鎧の裾からことばがふわりと捲れ上がる。その捲れ具合は、『定義』の谷川俊太郎が「私の家への道順の推敲」を語りながら、「その後はもう簡単だ」や「言うまでもなく」ととなえたとたんに、言語が対象を定義する機能からするりと逃れていったのを思い起こさせる。どちらの場合も、詩人の自我とことばの間に設けられた距離ゆえにたちあがる明晰なスタイルと無国籍的な世界の縁のあたりに、言語の「捲れ＝詩」を確信犯的にのぞかせているのだ。

一九九一年、帯に谷川の推薦文をつけ、大岡の肝いりで第一詩集『笑うバグ』が発表された直後、高橋源一郎は朝日新聞の文芸時評にこう書いた――「この詩にはぼくたちも登場している。だが、ぼくたちは自分がこの詩に登場していることを知らない。なぜなら、ぼくたちは複雑なシステムの一部として登場していて、しかもそれがどういうシステムなのかぼくたちにもわからないからだ。かれはそれをはじめて言葉に変えた。……流動する世界の中で自分の位置を確かめるために、かれは高い場所から俯瞰するように詩を書く。」これは四元の詩にたいする最も初期のコメントのひとつだが、彼の詩が世界規模の後期資本主義経済のシステムという巨大な相手を前にして、その全貌を視野におさめようとして十分引いた立ち位置から書かれていることを、的確に言い当てている。
『笑うバグ』には、経済システムそのものを主題とした作品群のほかに、会社のなかで生きるさまざまな人間たちがモノローグを語る詩群もおさめられている。四元は、「タイピスト」や「掃除婦」になりきって語ることによって、対象との距離を確保しながら、その人間の内側へ入り込む手法を獲得した。この手法はさらにエスカレートして、「コピーマシン」や「電卓」の内面が語られ、日本経済新聞に連載された「私の履歴書」の語り口で「牛の会長」がみずからの来し方を回想する。また、バブル期の自己啓発セミナーの広告コピーから、その背後にあったかもしれない一会社員のドラマが立ち上がり、マインドコントロールを受けた新しい人間が不気味に「生誕」する。「私は生まれたばかりの赤子のように新しい」とつぶやくこの企業戦士は、「悲劇の種子の漂う幸せの時代に」「細い目をいっそう細め」る「悲しみの友証券アナリスト」とともに、バブル後に彼らを待ちうけているであろう（と今だから書けるわけだが）混沌と悲劇をおそろしくも正確に予言している。家庭の外ではもっぱら英語で生活する駐在員にとって、仕事柄熟読する経済紙にあふれる湿潤な日本語を口まねするように作品化していったのはごく自然な母語の実践だった。

少数にせよきわめて強力な読者にめぐまれたことは『笑うバグ』の幸運だったが、その後十年以上にわたって、地球の向こう側に暮らす四元からの音信はほとんど途絶えることになる。ときおり『文藝春秋』に詩が掲載されたり、『すばる』に小詩集のかたちで作品が載ったことをのぞけば、四元は沈黙しているようにしかみえなかった。「外地」在住のサラリーマン詩人の動向を気にかける読者などほとんどいなかったであろうことも、想像に難くない。

二〇〇二年になってようやく、第二詩集『世界中年会議』が出た。この詩集は、著者自身が「アメリカシリーズ」、「子育てシリーズ」、「中年シリーズ」と呼ぶ三つの作品群からなる。現代アメリカ社会をジャーナリスト的な「俯瞰」視点から批評した作品群と、シカゴにおける核家族生活での子育てを扱った詩群のすべて、さらに「中年」に題材をとった詩の多くは、一九九七年までにできあがっていた。出版のチャンスがないままお蔵入りしていたこれらの原稿を再編集し、「中年シリーズ」を増補して日の目をみたのが『世界中年会議』である。詩集の後半には「家」や「ぼろぼろ」など、平成不況の日本社会を寓意しているかのような作品もあって、シカゴからミュンヘンへと任地を変えた四元が、日本社会をも「俯瞰」する視点を持ち続けていることがみてとれる。

だが、それだけではない。じつは詩法の大きな転換がはじまっていた。四元は萩原朔太郎賞受賞者記念講演のなかで、新生児の突然死をあつかった詩「SIDS」の「俺」という語り手について、「この『俺』っていうのは果たして生身の現実の私なのか……ただの演技で子育てにとまどう若い父親っていうのを演じているだけなのか、自分でもちょっとよく分からないんだけれども、ただ、何かその距離が、つまり書くものと自分との距離っていうものが、これを書いた時にちょっと縮まったのかなっていう気がしました」と語っている。これまで一貫して「高い場所から俯瞰するように」書いてきた彼の詩の世界の遠近法に歪みが生じはじめたのだ。さらに自伝的要素が濃い「人生の劇場」や「峠越え」のような詩について、彼はある座談会のなかでこう語る――「ここら辺はもうすごい私小説なんですよ、まったく本当の話だし。本当のことをそのまま書いて何処まで詩になるのかなって。それはそれで書いてる実感というか、面白みがあったんだけれども。なんか十年以上の時間をかけて、まったく自分というものを消すようにして詩を書いてたんだけども、書いてるうちにどんどんその自分がでてきちゃったみたいな。」詩人が経験した「本当の話」を叙情詩にしたてるのは決して特殊な方法ではなく、これまで四元がおこなってきた虚構的な枠組みをもちいた「俯瞰」詩法のほうがむしろ、日本の現代詩としては見慣れないやりかたである。だからこそ、高みの見物を許す安全な視点――自我と言語の間の距離の確保――が四元の詩を独自なものにしてきたのだが、その視座がいま揺らぎはじめたのである。

新作をあつめ、『世界中年会議』のわずか十ヶ月後の二〇〇三年に出版された『噤みの午後』では、詩人自身に似た一人称の語り手が顕著にあらわれてくる。先述の講演で、四元はこの詩集についてこうコメントしている——「私とおぼしき中年の日本人が海外のいろいろなところで歩いていると古今東西の芸術家、まあ専ら詩人と画家が、ぬっと現れてきて、話をするとか、何かそういうのが多いですね、これは。……で、僕はたまたま今、っていうか二十年前からずっと日本を離れて海外に住んでいますので、ちょっとこの中でそのパリがどうしたとか、マドリッドがどうしたって出てくるんですけど、実は僕にとってそれは非常に日常的な場所として出しているんです。」

たとえば、「パリの中原」という詩はこんなふうにはじまる。

ルーブル美術館の、薄暗い階段の踊り場で、おかま帽に黒マントを纏った、子供ほどの背丈の男に呼びとめられた。
「僕、中原中也って云うんだ。おじさん、君の名は？ ちょっと歩かないか。お互いの人生観を語り合おうじゃないか」

実在の中原中也は、パリへ行きたかったけれども望みを果たせぬまま、若くして死んだ。一方、語り手に話しかける中原のセリフは、実在の中也が永井叔に初めて会ったときに言ったと伝えられる呼びかけの調子をエコーさせている。そして、この人物はたいへん小柄だった生身の中也そのままに、語り手と肩を並べてパリの街を散歩しはじめる。やがて語り手が「生きている者が死者にしてやれることなどたかがしれてる」とつぶやくことを考えあわせれば、この詩は中也の亡霊に念願のパリ行きを実現させてやった供養であるともとれるし、そんな言い方があまりに抹香臭ければ、この詩は死んだ詩人と生きている詩人のコラボレーションだと言ってもいい。いずれにせよ、四元自身に似た語り手のことばは、異界から日常へと不意に侵入してきた中原のふるまいを、きわめてリアルに追いかけている。その描写は中原中也の伝記的ドキュメントをていねいにふまえているのだが、わざわざ詮索するつもりのない読者なら、すんなり読み飛ばしてしまうことも可能である。語り手の観察は、中原を畏怖すべき天才としてではなく、目先の欲望に翻弄されるひとりの若者として描き出している。

中原と同じような生々しい存在として『噤みの午後』のなかにあらわれるゴヤ、レンブラント、ベックマン、キーツなどの風貌は、美術史上に残る肖像画になりすました森村泰昌のセルフポートレイト作品とどこか似通った匂いを放っている。森村は自著『踏みはずす美術史』のなかで、美術作品を「着る」ことについてこう語る――「ゴッホやレンブラントに似た私をめざすのではなく、私自身の外形や心境に向こうが似るようにと、ゴッホやレンブラントを改造するのです。……一枚の服をどう『着こなす』かが、『着る』側からのファッション界への鋭い批評になるように、美術をどう『着る』か、その『着こなし』かたこそが、美術世界への批評そのものなんだと思います。」『噤みの午後』において、四元は森村と同じようにさまざまな文学や美術の『着こなし』を試みているのだと言えないだろうか。

独特のエグ味で見る者をまず釘付けにしてから考えることへ誘うモリムラ・アートに、たとえば四元の「ゴヤと生牡蠣」を対置してみるとてもよく似合う。マドリードのギャラリーへ「はだけたシャツ」を着たゴヤに会いにいくこの詩では、生き身のゴヤと語り手の古い友達が二重写しになり、目の前のできごとと絵画のなかのドラマが交錯し、語り手自身とアイルランド詩人シェイマス・ヒーニー――詩「一九六九年夏」を参照してほしい――がこっそり重ね焼きされたうえに、人間すべてが享受する生の快楽と死の予感で全編がこってり味付けされているからである。森村は、アメリカのセルフポートレイト作家であるシンディ・シャーマンと自分のしごとが比較されることについて、「国籍も言葉も性別も異なるのに、同時多発的に同じことをしてしまっていたことに、強い関心と、それ以上に大きな喜びを覚えます。徒党をくんだわけでもないのに『私たち、似たもの同士ですてきだね』と言える結果になっていることが、なんだか『ツーカー』的な関係めいて、まんざらでもないのです」と書いている。この「ツーカー」めいた関係はメディアをこえて森村と四元との間にも成立しうるだろう。

その一方で、語り手がつぎからつぎへと芸術家の亡霊たちに出会う『噤みの午後』の文学的構造には、あきらかな先例がある。詩集のまんなかに据えられた大作「薄情」は、ダンテの『神曲』の新たな「着こなし」として読むことができる。この詩の語り手はロンドンから「ドーバー海峡の底をくぐって」パリへ向かうユーロレイルの車内でジョン・キーツと乗り合わせ、若死にした詩人が語る身の上話や詩論を傾聴することになるのだが、そうしながら語り手の夢想は東京で日本の詩人たちと交わした「カメレオン詩人」キーツの「消極的能力《ネガティヴ・ケイパビリティ》」をめぐる座談の記憶を反芻し、キーツや中原中也やキアラン・カーソンや谷川俊太郎など、死んだ詩人と生きている詩人のことばをちりばめながら、海底トンネルを走ってゆく。この冥界下りは『神曲』の現代的なもじりであり、生き身のまま冥界へ入ったダンテ＝四元を導くウェルギリウスに相当するのは死者キーツと生者谷川である。

詩人がみずからの詩的資質を確認し、自分にいたる想像力の系譜に敬意を表した詩論詩として、「薄情」はじつに巧みだが、このやりかたにもじつは先例がある。四元がどのていどまで意識的に使っているかは不明だが、この詩には、さきほど言及したヒーニーが『神曲』を「着こなし」た連作詩「ステーション・アイランド」の面影がある。ヒーニーに似た語り手は故郷アイルランド北部の湖に浮かぶ巡礼島《ステーション・アイランド》に行き、その地で、パトリック・カヴァナーやジェイムズ・ジョイスなどアイルランド現代文学の先輩たちの亡霊に出会って叱咤激励を受ける。つまり、四元はウェルギリウスを手本としたダンテを手本としたヒーニーを手本として、分厚い「重ね着」をしているのである。

美術においてと同様、文学においても「着こなし」は自由だから、森村や四元のようなことは誰でもやることが許されている。しかし、日本の現代詩において、中原中也とダンテをあわせて「着こなし」た先例は寡聞にして聞いたことがない。とりあわせが独特なのだ。批評的な「着こなし」の例はほかにもある。四元は散文「思ひやる心は海を渡れども」のなかで、「成田発フランクフルト行きのルフトハンザの機中で、実に四半世紀ぶりに『土佐日記』を読み返し」、これを「中世版の海外駐在員帰任物語としても読めて、身につまされる」と述懐したあとで、読後感をこんなふうにまとめている――「ほぼ全編が船上で繰り広げられているということ。この設定が作品に現実からの浮力というか、一種の抽象性を与えている。この点、筒井康隆の『虚構船団』を思い出させるのだ。……『男もすなる日記といふものを』などと女を装って、性差というフィクションを導入し、男性たる『紀貫之』の詩を、女の散文が冷ややかに相対化してみせるところなど、醒めた批評性と自己言及性が横溢しており、これをメタ小説の先駆として読むこともできるだろう」。『土佐日記』をみずからの経験の型に照らして同時代的に受け止め、そこに隠された森村／四元的仮装性まで指摘したあたりは、驚くべき屈託のなさである。まだ活字になっていないが、四元は『土佐日記』を「着こなし」た作品をすでに書いているらしい。

『神曲』や『土佐日記』というたがいに関係なさそうな文学作品から四元がひとしく学ぶことができる理由は、彼が紀貫之やダンテが書いたものから経験の型を読み取っているからである。それゆえ、キーツやゴヤ同様これらの古典文学も、四元にとっては拠るべき規範というよりむしろ新たに語り直されるべき翻訳／変容の素材となる。先述したヒーニーはヨーロッパ西端のアイルランドの詩人だが、ダンテが自分の故郷に近い巡礼島《ステーション・アイランド》に由来する冥界見聞物語から霊感を得て『神曲』を書いたという説を梃子にして、ダンテをみずからにひきつけた。また、カリブ海出身の詩人デレク・ウォルコットは、多島海に暮らす自分はホメロスの世界が体感的に分かるということを根拠に、カリブ海とエーゲ海を繋ぐ『オメロス』という長詩を書いた。

英語圏文学においてかつては「辺境」とみなされた地域の詩人たち――ふたりとも今はノーベル賞詩人になった――がおこなってきたこうした戦略を「ポストコロニアル」と呼ぶなら、頭でっかちな研究などを経由せずに自分の詩を直接古今の世界文学に連結してみせる四元も、ひとりのポストコロニアル詩人である。ポストコロニアルの世界文学を多島海に喩えるならば、海域のあちこちを行き交う書き手たちは、かつて「主流」だった島の詩人たちが書き継いできた一巻の「歴史」ではなく、連結路を自在にとることのできる「海図」をたずさえている。

所有権の正史ではなく経験の類比学が根拠となるこの多島海において、オリジナルの言語的・文化的所有権は失効しているから、『神曲』や『土佐日記』や『イリアッド』の世界を「着こなし」、生きなおす権利は誰にも与えられているのだ。

　四元はダンテが『神曲』で用いた三行連《テルツァ・リマ》に倣って書いた詩「9・11以後のカント」で、「ぼくはどこへ行くのだろう、なにを頼りに?」とつぶやく。二十年近く外国語圏に暮らすうちに、詩人と日本の言語・社会・文化との間には必然的に距離が生まれ、彼は自分自身をどこにも属さない根無し草とみなすようになった。根を失った彼はいま、自分自身の故郷を発明しようとしている。それはこんな夢だ——「国ではない、言語でもない、「詩」が故郷。そんなことがあり得るだろうか。手で触れることはおろか、指差すことさえままならぬ「詩」というおぼろげな概念。……いまならば入ってゆくことができる。ここは、金や土地の代わりに、静けさと暗がりを本位とする詩の共和国。地図にはない、まだ訪れたことのない、わたしの故郷。」「詩人たちによる、時空を越えた隠微なネットワーク」によって構築されるこの共和国は、おそらく多島海の「海図」が役に立つ世界である。そこは彼が『噤みの午後』の末尾に置いた表題詩のなかで「噤みの午後」と呼ぶ、画布の上に描かれたドアの向こうのいちばん奥にひっそりとある、近くて遠い部屋にたゆたう光のヴィジョンである。もはや、言うまでもないだろう。母語の外に出たダンテの弟子は、この詩集をとおして地中海からアルプスを越えて北上を続け、北のはてまでやってきた。そして、ウェルギリウスならぬハマショイというデンマークの画家の案内で、ついに「詩」をかいま見るのだ。

　だがしかし、天上の光をかいま見た詩人はまたたく間に地上へたたき落とされてしまう。不幸にも利きすぎる鼻をもった彼はすでに気づいている——「君たち（ロココ）の時代の香水とぼくらの時代の消臭剤とが／隠そうとしてむしろ曝け出してしまう／／死臭はひとつ」だということを。「ぼくらの時代」とは、破綻をひきうけたうえでやりなおさなければならない時代である。二〇〇四年に刊行されて彼の詩のオーディエンスを格段に押し広げた『ゴールデンアワー』は、昭和後期のアニメやテレビ・ヒーローたちを満載したレトロ詩篇のように見えて、じっさいに作品を読んでみると、失われたものたちの死臭に満ちている。四元は個人史を掘り起こし、過ぎ去ったものたちの時間を生きなおしたうえで、それらをていねいに弔ってやろうとしている。おそらくそうすることが、先へ進む唯一の方法だからである。興味深いことに、『ゴールデンアワー』にはどこにも詩集とは書いてない。「萩原朔太郎賞作家が紡ぐ〈黄金の時間〉」と記された帯はおそらく、たんに「詩人」より「作家」としたほうが売れ行きが見込めるという出版社のマーケティング戦略以上の意味をもっている。この時代における詩（人）なるもののリセットをも確実に要請しているようにおもわれるのだ。

四元はその要請にすばやく応えるかのように、二〇〇四年はじめには三ヶ月にわたって全国紙のサイト「アサヒ・ドット・コム」に、朗読の音声にムービーまでつけた新作詩を毎週連載し、ふだんは詩など読まないひとびとにたいして詩と詩人を見えやすくする試みをおこなった。このプロジェクトは、かつて週刊誌にはじめて現代詩を連載した谷川俊太郎の試みを連想させる。四元のフットワークの軽さの秘密は、良くも悪くも彼が長年外国に住んでいるゆえの、日本に対する距離感にある。母語の外に出た四元は、多和田葉子のいわゆる「エクソフォニー」の状態に身をおいている。彼は、アメリカで暮らしはじめてしばらくした頃、英語で詩を書きはじめたが、それらの作品を日本語に訳して「翻訳詩集TVウーマン」という連作に仕立てることから本格的な詩作をはじめたという。四元はいったん母語の外に出たあとで、詩を書くために母語を主体的に選びなおしたのである。

この距離感と主体性ゆえに、彼はいつも「自分だけが高みの見物をしているような引け目」（「ゴヤと生牡蠣」）を感じつつ、それでもほかに選択肢はなかったから「俯瞰」の詩を書き続けてきた。ところが、ついに彼はその距離感がつくりだす詩と現実生活とのあいだの乖離を無視できなくなった。彼の詩の「私小説」化はすでに『世界中年会議』の後半あたりからはじまっていたのだが、二〇〇四年に『現代詩手帖』誌上ではじめられた小池昌代との「対詩　詩と生活」の連載は、その乖離と合一の可能性そのものが主題化されている。毎月やりとりされる詩の表面は一見穏やかにみえて、二人の詩人のみならずテクストに入っていく読者にさえもはや高みの見物は許されない対話が火花を散らしている。こうした展開から、新しい詩（人たち）がたちあがってくるところをじっくり見守りたい。だが、うかうかしていると、こちらの立ち位置まで問われそうな雲行きになってくる。しかし、それも無理はない。新しい詩の位置を多島海にマッピングするのは読む者に託されたしごとだからである。

（2004.9.19）

帰って来ないで

谷川俊太郎

四元さん、時々日本に来て下さい。でも当分日本に帰って来ないで下さい。二〇〇五年現在、日本には日本語ウイルスがうようよしてます。これが健康な日本語細胞を侵しているんですが、問題は健康な細胞とウイルスの区別をつけるのが、なかなか難しいってこと。もしかすると将来は、ウイルスのほうが健康な日本語細胞だという逆転が起こりかねない。とにかく日本で暮らすようになると、否応なしにウイルスに感染しますからね。それに詩人、物書き、生活者の区別なんてないからね。もちろんぼくだって仕方なくウイルスと共生してます、抗体になるような健康な日本語を読むように健康な日本語を読むように気をつけてるつもりだし、やられないように逃げ回ってもいますけどね。海外に暮らすってのも、ウイルスから逃げる一つの手じゃないかと思うんだ、日本語を相対的にとらえることが出来そうだから。ぼくには日本語を相対化する能力はないけれど、あなたは英語で詩が書けると思う。ぼくも少し母語ナショナリズムを考え直さなきゃ。

「何ひとつ書く事はない」ってぼくが書いたのはいつごろのことだったかなあ。『旅』という詩集が出たのが一九六八年だから、ぼくとしては初めての比較的長い海外旅行と滞在の前、一九六〇年代のなかばだったような気がする。あなたが撮った家族写真を見ていて、卒然とそのころの記憶がよみがえった。あなたは多分まだ小学校にも行ってなかった、そしてぼくはいまのあなたより若く、いまのあなたと同じようにいささかの不安を抱えながらも幸せな家庭生活を送っていたと思う。「私の妻は美しい／私の子どもたちは健康だ」という行は四元さんが書いたとしてもおかしくない。でもあなたは「何ひとつ書く事はない」とは書かないだろうな。そこにぼくとあなたとの大きな違いがある。あなたには書くこと、書きたいことが有り余っているんじゃないか。ぼくは詩を書こうとするとき基本的に寡黙の側に身を置こうとするけれど、あなたは饒舌の側に身を置くことで詩から散文への通路を確保しておこうとしているように見える。ぼくはきっと詩と散文の違いを過大に考え過ぎていて、現実生活をともすれば散文の側からとらえようとするけれど、実際にはその二つの相克と矛盾と平衡はそんなに単純なものではないはずだよね。

四元さん、あなたの書いたものを読んでいて、時々一種生理的な違和を感じることがある、その違和を感じるのがどういうところかと考えると、これが自分と似ているところなんだな。四元さんが書いたものを読んで、ぼくに違和を感じる人の気持ちが分かるようになった、というのも失敬な話だけど。その違和がどこから来るのかは、多分我々に共通に内在する、キーツのいわゆる「ノン・セルフ」性からかもしれない。初期の詩であなたはさまざまな一人称を用いていたけれど、近作ではそれを避けて詩の中の「私」と現実生活の中の「私」を一致させようとしているかのようだ。だがそのやりかたで現実の「私」が変われるものだろうか。かつて岩田宏がプレヴェールを評して言った「巨大な私性」という言葉を思い出す。それこそがノン・セルフを超える道なのか、それともそれはノン・セルフの別名に過ぎないのか？　あの濃厚な散文を書いた金子光晴でさえ「僕？　僕とはね、からっぽのことなのさ」と書いているのを知るとぼくは途方に暮れます。

自分の文体に飽きるっていうか、自分の文体が鼻につくっていうか、そんなことないですか？　書いている意味内容よりも、口調、語り口、声みたいなもの、そこに一番書き手の「私」のどうしようもない全体が現れてくるとぼくは考えているんだけれど、その文体なるものを意識してとらえるのはほんとうに難しい。もちろんどんなに文体を変えたって、それが自分を変えることにはならないし、そもそも文体を変えるということが、故高橋康也さんが寺山修司について言った「アイデンティティの戯れ」以上のものになるとも思えないんだけど、詩をいまの大量消費社会の中の商品としてとらえるとすると、品数は多いほうがいい（！）。これは糸井重里さんに「安売り王」なるキャッチフレーズを頂戴した人間の意見に過ぎませんが。

勤めをやめた四元さんが、これからどういう役割で動いていくのか、ぼくは実は興味津々なんです。『笑うバグ』での経済、『世界中年会議』での中年、『ゴールデンアワー』でのテレビ、そして（明かしちゃっていいのかな？）次の詩集での妻、四元さんの狙いはいつも的を射ている。でもぼくの目から見ると、あなたはまだ十分に「カメレオン・ポエット」（またキーツだ）していないようにも見える。「読者」は意識してるかもしれないけど、「他者」とはまだ十分にわたりあっていないと言えばいいのか、自分へのわだかまりが強いと言えばいいのか。

国際的な詩のプロデューサー、詩のコーディネーター、詩を書きながらそんな役割を果たすことができる人がいるとすれば、それは四元さんをおいていない。言語の相違にかかわらず存在し流動している大文字の「詩」、それをとらえて形にしていく方法はいろいろあるはずです。四元さんの有り余る外向的なエネルギーには、これまでにない「詩」の未来がひそんでいると思う。（2005.4.6）

まぶしさと痛ましさ

小池昌代

四元さんと初めて会ったときのことを、今なんとなく、思い返している。『世界中年会議』が出たばかりの頃のこと。緑濃い代々木公園を背景に、彼は、やぁ、って感じで、笑顔をたたえ、ぐんぐんとこちらに近づいてきた。そのとき、彼の何かが透けて見えた気がした。見知らぬヒトとヒトが、最初に出会う。そのことを彼は、今まで無数にこなしてきたと思う。余計なものがそぎ落とされ、一番大切なものだけが残ったというような、それは非常に洗練された笑顔だった。言葉にすれば、簡単なこと。つまり、心と身体を開き、ハローと自ら、近づいていくこと。そのとき、すべての神経と頭脳を、一瞬だけ（でいいから）、対象に傾けて。勇気がいる。怖い。私にはなかなかできないことなんだ。まぶしいやつだなあ、と私は思った。

こんなふうにして、彼は世界を切り開いてきたし、これからも切り開いていくのだと思う。でも、こういう態度は、実は誕生のときから、その魂に付着していたものかもしれない。なにしろ、オムツかぶれの薬の宣伝にスカウトされたほど、笑顔のすばらしい、機嫌のいい赤ちゃんで、幼稚園のときから、大人顔負けのおしゃべり。ひとりでもしゃべっていたという一人っ子で、高校時代のあだ名はスピーカーだって。

内弁慶で無口な子供だった私にはとても信じられない。なんでそんなにしゃべることがあるんだろうねって？　いや、彼がしゃべっているわけじゃなく、きっとコトバがしゃべっているんじゃないかな。そう書いて私ははたと思いつく。饒舌なヒトの身体のなかには、二者間の「対話の構造」（ぼけとつっこみ、情緒と論理…）があらかじめ明確に組み込まれているのではないかと。あるいはまた、こうも言える。彼はいつも、自分のなかに、分身（他者）を、棲息させているのだと。精神を病んだひとの独語には、この対話の構造は見当たらない。もちろん、ひとり語りでも、詩はじゅうぶん成立するし、むしろ現代詩というのは、「ひとのはなし」など聞かない世界なのかもしれないが、少なくとも彼の詩は、この「対話の構造」によって、一方が一方の暴走を許さない。論理の破壊を許さない。非常にバランスがいい。そしてこういう、二者の対話構造があるからこそ、彼の詩の言葉はとても豊穣だ。言葉と言葉が生殖活動をしている。子供を産んで、とてもにぎやかなんだ。

作品のバランスは、作者の知性の制御《コントロール》によって作品にもたらされたものだと思う。しかしその堅牢なバランスにも、一瞬破綻がおこるときがある。二者による対話をゆるがす第三者、ミューズさまがやってくる瞬間である。『笑うバグ』のなかの「タイピスト」という詩は、議事録というものに記録されない日常を記録したいという、タイピストの訴えを詩にしたものだ。

速記を取りながら一瞬わたしの心に浮かんだ光景
四谷駅を出た丸の内線が音もなく地中に入ってゆくあ
　の光景も
本当にそれらは会議の内容に関係ないのでしょうか

こういうところを読んで、私は泣いた。その理由がよく、わからないままに。丸の内線の四谷駅は別に新しい素材ではない。闇を走る地下鉄が、この駅で地上に出て、再び闇のなかへもぐっていく。心の奥に、様々な理由で、スイッチが入る光景である。四谷は四元さんが卒業した大学の地元であり、彼は何度もこの光景を見たはずだ。しかし詩のなかのこの光景、すでに不思議なノスタルジアがある。よく知っているのに、もう届かないものとして、彼の丸の内線は現れている。それは別に彼が異国に住んでいるせいではない。

「郷愁」ということに関して、私はすでに『世界中年会議』という詩集においても触れたことがあるのだが、このひとが書く風景は、書かれた時点で、さっとセピア色になるという特色を持っている。なぜだろう。まず、書いたひと（詩人）がそこからはじかれている。そして書いたひとが、高いところから、距離をうんともって、それを見ている。書いたひとは、じゃあ、どこにいるのかというと、どこにもいなくて、（ドイツでもアメリカでもなく）、漂流しているんだ。身体というよりも、魂の状態として。その人が書いた丸の内線という言葉は、日本の、日本語の土壌からかすかだが切れたものとして感じられる。そのかすかな切断が、この丸の内線を、とても新鮮なものにしており、詩人の視線を借りて眺めた丸ノ内線は、読者の心の内にもまた、不思議な郷愁を呼ぶものとなる……。

まぶしいものを見るような感情と、痛ましいものを見るような感情が、同時に私をしめつける。まぶしいというのは、詩の側に立った意見。痛ましいというのは、生身の人間＝四元さんの側に立った意見。

『世界中年会議』には、子育てシリーズの詩が収められているが、「作者は語る、あとがきにかえて」によると、ふたりの子供たちは、アメリカで生まれ、ほどなくして一家がドイツに移り住んだため、「親とは日本語で話すけれど、ふたりになると会話はドイツ語、英語は学校で外国語として学ぶだけでもうすっかり忘れている」らしい。そのふたりが、ある記者の取材を受け、故郷は？と聞かれたとき、「アメリカ」と答えた。彼は思う。「彼らが成長して大人になったとき、もう一度その質問を繰返して、なんと答えるか聞いてみたい気がする。それがドイツでもアメリカでも日本でもない、目には見えないけれどそれでいてリアルな、ある魂の領域のような場所であることを期待しながら。」

そして自分自身についても、エッセイで、こう書く。
「国ではない、言語でもない、「詩」が故郷。そんなことがあり得るだろうか。手で触れることはおろか、指差すことさえままならぬ「詩」というおぼろげな概念。それもひとつの土地に根ざしたものではない、無国籍的な都市生活に活けられた切花のような「詩」を、故郷と呼んで生きることが。」

唐突だが、最近、私は比喩というものがよくわからなくなった。直喩でも暗喩でも、生を復習するようなもの（例えたり、置き換えたり）としての比喩に、意味が感じられなくなってしまった。

そして同時に、飛躍するようだが、一切が直接の経験であると思うようになった。たとえば夢というものが、現実から切り離された逃げ場というふうに思えない。夢を見る。落下する夢。そのときの身体感覚は、心の領域にまで及んでおり、現実の落下経験となんらかわりはない。夢での落下も、雪みちですべり落ちることも、試験にすべることも、すべて、「落ちる」という抽象概念で結ばれた、私とっては、同じレベルの経験だ。

だから私は、遊園地で金を払って長い列に並び落下するアトラクションに、わざわざ乗る意味もわからなくなった。落下なら知っている。私が現実にいま、少しずつ落ちているのだから。これ、中年以降の感慨だろうか。

そして詩もまた、比喩を駆使する場所でなく、それ自体が、書くこと自体が、直接の経験なのだと悟った。そのときフィクションというものの意味が、少しわかったような気がした。ちなみに、一行目を書くというのも、「落下」という経験の一形態かもしれない。そもそも生きていくということ自体、落下という経験のあらゆるバリエーションを総合した「落下」そのものなのかもしれない。

一切が直接の経験であるということを、私は詩を書くときばかりでなく、四元さんの詩を読むときにも切実に感じる。幾度となく流れた涙も証拠品。もう少し厳密に言うと、読むたびに泣いたり泣かなかったりする。つまり、一日として、同じことはないのだ。

四元さんは、書くことにおいて、いよいよ本格的な活動を始めようとしているが、詩が現実の比喩でなく、現実から切り離された逃げ場でもないこと、それ自体が直接の経験であることを、今後も、書き続けていくなかで実践して見せてくれるだろう。そして、痛ましいなどという私の感傷を、たくましい日本語で打ちのめしてくれるだろう。

（2005.2.23）

転校生登場

穂村弘

四元康祐さんには転校生のイメージがある。勿論、私が勝手にそう思っているだけのことだが、これは、なんなんだろう。作風とか御本人が海外在住とかいうことからの連想だろうか。

転校生っぽさということで考えてみると、他のジャンルでは、例えば漫画家の高野文子さんにもそんな印象があった。彼女の登場時の作品には、これが漫画なのかと驚かされるところと、漫画ってやっぱり凄いなあと再認識させられるような面のふたつがあったと思う。

四元さんの最初の詩集『笑うバグ』を読んだときはどうだったろう。そうだ。私はその面白さに啞然としたのだった。

事業部長のディオールのネクタイがシュレッダーの歯に挟まっているのが見えたのは、その次の瞬間である。

その西ドイツ製の機械は、事業部長のネクタイを既に結び目の辺りまで呑み込み、なおも牙を震わせている。事業部長は襲いかかる牙から必死で顔をそむけているが、その表情にはもはや当惑や狼狽はなく恐怖だけが張りついている。

（「シュレッダー」より）

この詩のエンディングでは、本当に笑い声が出た。これが詩なのかと驚いてすっかり嬉しくなった。でも、それがそのまま、詩ってやっぱり凄いんだなあ、には繋がらなくて、なんだか不安な気持ちになった。あの躊躇いはなんだったのか。

高野文子と四元康祐というふたつの優れた才能に出逢ったとき、私のなかに生まれた反応の違いは、彼らの作家的な個性に起因するというよりは、単純に漫画と現代詩というジャンルの違いだったのだと思う。

漫画に較べて、現代詩はジャンルのアイデンティティというか、自己規定がずっと強いのだ。私がふだんやっている短歌もかなりのものだが、それよりもさらに強いだろう。そういう世界では、面白ければそれでいい、ということにはならない。

それまでになかったような個性をもつ作家が漫画の世界に現れることは、そのままジャンルの領域が広がったことを意味する。でも、現代詩や短歌においてはそう単純にことは運ばない。現に書かれた作品にオーバーラップするように、それが本当に詩か、短歌か、俳句か、という証が求められるのだ。

その学校の生徒ではない私にとっては、転校生の正体が何で、どんな風に受け入れられようがどうでもいい筈なのだが、四元さんのことだけは何故だか気になってしまう。どこからきたの、とか。それはドイツ弁なの、とか。お昼のパンの買い方はわかるかな、とか。体操服の色が違ってて苛められないかな、とか。

それはたぶん、自分のなかに現代詩とか短歌とか俳句という区分よりも、もう少し広い意味での詩に対する関心というか、憧れがあって、その意識が四元さんの作品世界に共振していたからだと思う。本物の詩を読んで声を出して笑った、と信じたいのは、その事実が未来のどこかで私自身の運命とリンクしているように感じるからだ。


第二詩集『世界中年会議』を読んでその気持ちは一層強まった。


たとえばアメリカの一中年が行った「ハードコアポルノを見ても自分はもう興奮しないが、日曜日の早朝、分厚い新聞からこぼれ落ちる折り込み広告のなかの下着姿の女たち、家族が起きてくる前の静かな明るい台所でデカフェ片手に茫然と眺める彼女たちにはついつい勃起してしまうことがあって、それを自覚した時に自分は中年だと認識した」と云う報告は参加者全員に強い感動を与え、俺自身国籍や職業などさまざまな属性を越えて中年という普遍的な主体が存在することを改めて確認する最大の拠り所となったのだった。

（「世界中年会議」より）


「会社」や「中年」について書かれた、こんなに面白いものが詩だなんて、素晴らしいじゃないか。それを契機として、「家族」「外国語」「翻訳」「ギャグ」「ポエム的なるもの」など四元ワールドに含まれる多くの資産が、日本の詩のなかで生きる可能性があるのだ。
　でも、どうすればそれが現実のものになるのだろう。そういうのは言語感覚とか教養とかの問題では全くないし、などと、私が考えるまでもなく、答は本書のなかに示されていた。

およそ世の中で起こっているすべての事柄は、世俗であれ高尚であれ、人事であろうと天上の出来事であろうと、詩に書くことが出来る、詩とはそれくらいヴァーサタイルな表現形式だと云う希望を持つに到りました。
（『笑うバグ』あとがきより）

猥雑極まりない日常の地面から生えてきた
珍奇なキノコのようなぼくのコトバも
古代以来の宴の熱狂と陶酔の果てに身を連ねて
詩と称することを許されていて
だがそれをそうたらしめているのは
詩というものに対する一種の盲信的な愛ではないかと
（「中年ミューズ」より）

自分が生きて行くために必要な切羽詰ったもの。無言の一瞬から現れて、言葉とともに地上にとどまるもの。そういう、「詩」としか呼びようのないものが、この世には存在する、初めてそう確信したのだ。
（「静けさの底で、搾りとる」より）

国ではない、言語でもない、「詩」が故郷。そんなことがあり得るだろうか。
（「城壁の外の、ダンテ」より）

もしも井戸の底から一篇の詩を釣り上げることができたならば、それは川に放してやろう。その流れが、個別の言語の境を越えて、この星にただひとつの、豊穣の海へそそぎこむことを願いながら。
（「井戸から釣り上げた魚を、川に放す」より）

詩の発見と再発見、ジャンル観の確立と修正、そして自らの愛情の確認が何度も繰り返されている。この認識の確かさとスタンスの誠実さ、そして想いの深さ。見事なものだ。四元さんが「シュレッダー」とか「世界中年会議」とかを「川に放して」やるところを想像して嬉しくなる。巨大な「シュレッダー」は川底にめり込むんじゃないか、と心配で、でも笑ってしまう。
　転校生っていうのは、なんというか、ジャンルへの愛情と相対化の両立によって、そのアイデンティティの更新ができるひとなんだと思う。四元さんには、これからも沢山の新しい遊びを教えて貰えそうだ。

（2005.4.12）

現代詩文庫　179　四元康祐

発行・二〇〇五年七月一日　初版第一刷

著者・四元康祐

発行者・小田啓之

発行所・株式会社思潮社

〒162-0842　東京都新宿区市谷砂土原町三―十五

電話〇三（三二六七）八一五三（営業）八一四一（編集）八一四二（ＦＡＸ）振替〇〇一八〇―四―八一二一

印刷・株式会社オリジン印刷

製本・株式会社川島製本所

ISBN4-7837-0954-8　C0392

現代詩文庫

第Ⅰ期

＊人名（明朝）は作品論／詩人論の筆者

(151) 田中清光　中村稔／大岡信他
(152) 阿部弘一　安藤元雄／平井照敏他
(153) 続続大岡信　野沢啓／城戸朱理他
(154) 続続鮎川信夫　瀬尾育生／磯田光一他
(155) 続辻征夫　菅野昭正／中上哲夫他
(156) 福間健二　瀬尾育生／鈴木志郎康他
(157) 守中高明　小林康夫／絓秀実他
(158) 平田俊子　吉増剛造／藤井貞和他
(159) 村上昭夫　辻井喬／高橋昭八郎
(160) 広部英一　荒川洋治／岡崎純他
(161) 白石公子　佐々木幹郎／常盤新平他
(162) 鈴木漠　塚本邦雄／清水哲男
(163) 高橋順子　大岡信／池井昌樹他
(164) 池井昌樹　天沢退二郎／粕谷栄市他
(165) 続続清岡卓行　清水哲男／辻征夫他
(166) 倉橋健一　坪内稔典／松原新一他
(167) 高貝弘也　吉岡実／新井豊美他
(168) 御庄博実　長谷川龍生／北川透他
(169) 続吉原幸子　大岡信／多田智満子
(170) 井川博年　川本三郎／八木幹夫他
(171) 加島祥造　原満三寿／池崇一他
(172) 続続吉原幸子　谷川俊太郎／新川和江他
(173) 続粕谷栄市　横木徳久／野村喜和夫他
(174) 小池昌代　飯島耕一／井坂洋子他
(175) 征矢泰子　新川和江／新井豊美他
(176) 八木幹夫　小沢信男／新倉俊一他
(177) 続入沢康夫　野村喜和夫／田野倉康一他
(178) 岩佐なを　城戸朱理／矢川澄子他
(179) 四元康祐　谷川俊太郎／小池昌代他

① 田村隆一
② 谷川雁
③ 岩田宏
④ 山本太郎
⑤ 清岡卓行
⑥ 黒田三郎
⑦ 黒田喜夫
⑧ 吉本隆明
⑨ 鮎川信夫
⑩ 飯島耕一
⑪ 天沢退二郎
⑫ 吉野弘
⑬ 長田弘
⑭ 吉岡実
⑮ 富岡多恵子
⑯ 那珂太郎
⑰ 安西均
⑱ 長谷川龍生
⑲ 高橋睦郎
⑳ 茨木のり子
㉑ 安水稔和
㉒ 鈴木志郎康
㉓ 生野幸吉
㉔ 大岡信
㉕ 関根弘
㉖ 石原吉郎
㉗ 谷川俊太郎
㉘ 白石かずこ
㉙ 堀川正美
㉚ 岡田隆彦

㉛ 入沢康夫
㉜ 片桐ユズル
㉝ 川崎洋
㉞ 金井直
㉟ 渡辺武信
㊱ 安東次男
㊲ 三好豊一郎
㊳ 中桐雅夫
㊴ 中江俊夫
㊵ 高野喜久雄
㊶ 吉増剛造
㊷ 渋沢孝輔
㊸ 高良留美子
㊹ 三木卓
㊺ 加藤郁乎
㊻ 石垣りん
㊼ 木原孝一
㊽ 北川透
㊾ 菅原克己
㊿ 多田智満子
(51) 鷲巣繁男
(52) 寺山修司
(53) 木島始
(54) 清水昶
(55) 金井美恵子
(56) 吉原幸子
(57) 藤富保男
(58) 岩成達也
(59) 井上光晴
(60) 会田綱雄

(61) 北村太郎
(62) 窪田般彌
(63) 辻井喬
(64) 新川和江
(65) 吉行理恵
(66) 中井英夫
(67) 粕谷栄市
(68) 清水哲男
(69) 山本道子
(70) 宗左近
(71) 中村稔
(72) 粒来哲蔵
(73) 諏訪優
(74) 続飯島耕一
(75) 荒川洋治
(76) 佐々木幹郎
(77) 正津勉
(78) 辻征夫
(79) 安藤元雄
(80) 藤井貞和
(81) 大野新
(82) 犬塚堯
(83) 小長谷清実
(84) 江森國友
(85) 天野忠
(86) 嶋岡晨
(87) 阿部岩夫
(88) 関口篤
(89) 衣更着信
(90) ねじめ正一

(91) 菅谷規矩雄
(92) 井坂洋子
(93) 片岡文雄
(94) 伊藤比呂美
(95) 新藤凉子
(96) 青木はるみ
(97) 中村真一郎
(98) 嵯峨信之
(99) 稲川方人
(100) 平出隆
(101) 松浦寿輝
(102) 朝吹亮二
(103) 続荒川洋治
(104) 続藤井貞和
(105) 続寺山修司
(106) 吉田文憲
(107) 瀬尾育生
(108) 続続谷川俊太郎
(109) 続谷川俊太郎
(110) 続続田村隆一
(111) 続田村隆一
(112) 続続天沢退二郎
(113) 続天沢退二郎
(114) 新井豊美
(115) 続吉増剛造
(116) 続続吉増剛造
(117) 続鮎川信夫
(118) 続北村太郎
(119) 続吉野弘
(120) 続石原吉郎

(121) 続鈴木志郎康
(122) 川田絢音
(123) 続続吉野弘
(124) 続北川透
(125) 続白石かずこ
(126) 続清岡卓行
(127) 続宗左近
(128) 牟礼慶子
(129) 続吉岡実
(130) 続辻井喬
(131) 続大岡信
(132) 続新川和江
(133) 続川崎洋
(134) 続清水昶
(135) 続高橋睦郎
(136) 続長谷川龍生
(137) 続中村稔
(138) 八木忠栄
(139) 続佐々木幹郎
(140) 城戸朱理
(141) 野村喜和夫
(142) 平林敏彦
(143) 続渋沢孝輔
(144) 続那珂太郎
(145) 財部鳥子
(146) 続長田弘
(147) 吉田加南子
(148) 続清水哲男
(149) 辻仁成
(150) 木坂涼